ミステリ文庫
㉒-9〉

あなたに似た人
〔新訳版〕

I

ロアルド・ダール
田口俊樹訳

早川書房

7188

ROALD DAHL'S SHORT STORIES VOLUME Ⅰ
by
Roald Dahl

Translated by
Toshiki Taguchi
Published 2023 in Japan by
HAYAKAWA PUBLISHING, INC.
This book is published in Japan by
arrangement with
THE ROALD DAHL STORY COMPANY LIMITED
c/o DAVID HIGHAM ASSOCIATES LTD., LONDON
through TUTTLE-MORI AGENCY, INC., TOKYO.

目次

あなたに似た人〔新訳版〕 I

味
Taste

その夜、ロンドンのマイク・スコフィールド邸で開かれた晩餐会には私を含めて六人——マイクと夫人と娘、私の妻と私、それにリチャード・プラットという男——が集《つど》っていた。

リチャード・プラットは名の知れたグルメで、〈美食家《ジ・エピキュアズ》〉の名で知られる小さな会の会長をしており、月に一度、料理とワインに関するプライヴェートな会報を会員向けに発行し、また、贅沢な料理と珍しいワインが供される晩餐会を自ら主催したりもしていた。味覚が損なわれることを恐れて煙草は吸わず、ワイン談義となると、奇妙でいささかおどけた言いまわしをする癖があった。ワインのことをまるで生きもののように評するのだ。「用心深いワインだね。やや内気で、あいまいとも言えるが、明らかに用心深いよ」などと言うのである。あるいは、「これは気さくなワインだ。善意があって陽気だ——ちょっと淫らなところもあるようだが、それでも気さくであることに変わりはない」などと。

そんなリチャード・プラットも顔を見せるマイクの晩餐会には、これまで二度出席したことがあったが、マイクと彼の奥さんはこの有名なグルメのために二度ともわざわざ特別な料理を用意しており、今回も明らかに例外ではなさそうだった。ダイニングルームにはいるなり、饗宴を盛り立てるものがテーブルに並べられているのがわかった。背の高いキャンドルに黄色のバラ、光り輝くいくつもの銀食器、各々に三つのワイングラス。とりわけキッチンから漂っている肉を焼くにおいには、唾が口の中にじわっとにじみ出た。

みんなが席に着いたところで、私はリチャード・プラットが出席したこれまでの晩餐会を思い出した。ある特定のクラレット（ボルドー産の赤ワイン）の銘柄と収穫年を当てさせようと、マイクがちょっとした賭けをプラットに挑んだのだ。プラットは当たり年のワインならそれはさほどむずかしいことではないと答えた。それに対して、マイクは当てられないほうに問題のワインを一ケース賭けると言った。プラットはその賭けに応じて二度とも勝っていた。そのささやかなゲームが今夜もまたおこなわれるのはまずまちがいなかった。というのも、プラットに当てられるということは、それは取りも直さずいいワインの証しとなるわけで、マイクはむしろ進んでその賭けに負けたがっており、プラットはプラットで、自分の知識を誇示できることに、抑制されながらもただならぬ喜びを見いだしているようだったからだ。

　料理はバターでカリカリに炒めた白身の小魚から始まり、それにはドイツの白ワイン、モーゼルが合わせられた。マイクが席を立って自分で注いでまわったのだが、また席に着いたとき、プラットの反応をじっとうかがっているのがわかった。ラベルが読めるよう、マイクは私のまえにボトルを置いていた。〝ガイヤースライ　オーリクスベルク一九四五年〟と書かれていた。私のほうに上体を傾げ、マイクが私に耳打ちしてきた。ガイヤースライというのはドイツ国外ではほとんど知られていないモーゼルの小さな村だ、と。さらに、自分たちが今飲んでいるワインはきわめて珍しく、産出量もきわめて少ないので、部外者が手に入れるのは不可能なのだとも言った。なんでも去年の夏に彼自らガイヤースライまで足を運び、やっとどうにか数本譲ってもらえたもののようだった。

「今現在、わが国でこのワインを持っている人はひとりもいないんじゃないかな」と彼は囁き声のまま言った。そう言いながら、またプラットのほうを見やった。「モーゼルのすぐれた点は」と彼はそこで囁き声を高めた。「クラレットのまえに出すには持って来いのワインだということだよ。かわりにラインのワインを出す人が大勢いるけれど、それはなんにもわかっちゃいないからだ。ラインのワインだと繊細なクラレットは殺されてしまう。だろ？ クラレットのまえにラインを出すなどそれこそ野蛮人の所業だ。一方、モーゼルは――ああ！――モーゼルが大正解なのさ」

マイク・スコフィールドは人あたりのいい中年男ながら、株式仲買人だった。正確を期して言えば、証券取引所の場内仲買人で、彼の同類の多くがそうであるように、彼もまたささやかな才能で大金を稼いでいることをどこかしら決まり悪く、ほとんど恥のように思っているところがあった。心の中では自分のしていることが賭けの胴元《ブックメイカー》と大差のないことがわかっているのだろう――調子がよくて、体裁は少しも悪くなくても、ひそかに無節操なブックメイカー。そんな仕事であることがわかっているのだろう。あまつさえ、その事実は友達にも知られているということも。それで、今は文化的な人士になろうと極力努めているのだった。文学や美術の鑑識眼を磨いて、絵画やらレコードやら本やらそのほかなんでも集めていた。今のラインとモーゼルに関するささやかな講釈はそうしたことの一環だった。これぞ彼の求める文化だった。

「チャーミングで可愛いワイン。そうは思わないかい？」とマイクは私に言いながらも、まだリチャード・プラットのほうを見ていた。口いっぱいに白身の小魚をほおばろうとうつむくたびに、テーブル越しにこっそりとすばやい視線を走らせているのが私にはわかった。プラットが最初の一口を飲む瞬間を待っているのが傍《はた》からでも感じ取れるほどだった。プラットが喜びの、あるいは驚きの、もしかしたら畏怖の念さえ感じられる笑みを浮かべて顔を起こすのを待っているのだ。そうなれば、そこでひとしきりワイン談義となり、マイクはガイヤースライ村についてプラットに得々と話しはじめることだろう。

ところが、リチャード・プラットはワインを味わってなどいなかった。マイクの十八歳になる娘、ルイーズとの会話に夢中になっていた。彼女のほうに半身になって、微笑みかけ、話しかけていた。聞こえてくるかぎり、あるパリのレストランのシェフの話のようだった。話に夢中になるあまり、プラットが上体を傾げ、ほとんどくっつきそうになるほど近づくので、この哀れな娘はできるかぎり身を遠ざけるようにしていた。慇懃《いんぎん》に、というか必死にうなずきながら。彼の顔ではなく、彼のディナージャケットの一番上のボタンを見ながら。

私たちが魚料理を食べおえると、メイドが皿を下げてまわった。が、プラットのところに来ると、彼が料理にまだ手をつけていないのを見てためらった。プラットはメイドに気づくと、手を振ってさがらせ、ルイーズとの会話を一時中断して、すばやく食べはじめた。かりっとキツネ色に揚げた小魚にフォークをせかせかと突き刺し、口の中に放り込みはじめた。食べおえると、グラスに手を伸ばして軽く二度口をつけてワインを咽喉《のど》に流し込み、またそそくさとルイーズ・スコフィールドとの会話に戻った。

マイクはその一部始終を見ていた。身じろぎひとつせず椅子に坐り、プラットをじっと見つめながら、自らを抑えているのが私にはわかった。その陽気な丸顔に張りがなくなり、弛《たる》みが出てしまっているように見えた。それでも自分を抑え、じっと椅子に坐り、何も言わなかった。

すぐにメイドが次の料理を持ってきた。大きなローストビーフの塊りで、それをマイクのまえに置いた。マイクは立ち上がると、そのローストビーフをとても薄く切り分け、メイドが給仕できるよう一枚一枚丁寧に皿にのせていった。そして、自分のも含めて全員分切り分けると、ナイフを置いてテーブルの端に両手をつき、上体をまえに傾げて言った。

「さて」全員に話しかけていたが、その眼はずっとリチャード・プラットに向けられていた。「さて、このあとはクラレットですが、ちょっと失礼して、取ってこなくてはなりません」

「取ってくる？」と私はマイクに尋ねた。「どこから？」

「私の書斎から。コルクはもう抜いてある——息をさせるためにね」

「どうして書斎なんだね？」

「部屋の温度に慣れさせるためだよ、もちろん。二十四時間前からそこに置いてあるんだ」

「でも、どうして書斎なんだ？」

「そこがこの家で一番いい場所だからさ。このまえリチャードが来たとき、彼の意見も聞いて決めたんだ」

自分の名前が出たからだろう、リチャード・プラットは顔をマイクに向けた。

「そうだったよね？」とマイクは言った。

「そうだ」とプラットは答え、真面目くさってうなずいた。「そのとおり」

「私の書斎の緑のファイルキャビネットの上」とマイクは続けた。「そこをふたりで選んだんだ。そこは部屋の中で隙間風が来ない場所で、温度が安定してるんだよ。では、みなさん、失礼して今から持ってきますね」

別のワインでまた〝遊べる〟と思ったのだろう、マイクは元気を取り戻すと、いそいそとドアから出ていき、すぐにまた戻ってきた。両手でワインバスケットを持ち、今度はなんとも慎重な足取りでそろそろと歩きながら。バスケットの中には色の濃いボトルが寝かされていたが、ラベルは下を向いており、見ることはできなかった。「さて!」とマイクはテーブルに近づくと、大きな声をあげた。「これはどうだね、リチャード? こればかりはきみにもなんというワインかわからないだろうな!」

リチャード・プラットはおもむろに体の向きをまえに戻し、マイクを見上げてから、その眼を小さな枝編みのバスケットの中に収められたボトルに向け、眉を吊り上げた。人を小馬鹿にしたようにちょっとだけ眉をもたげ、濡れた下唇を突き出しただけで、一気に不遜で醜い顔になった。

「きみにも絶対わからないはずだよ」とマイクは繰り返した。「百年経ってもね」

「クラレットだね?」とプラットは丁重ながら、その実、どこかしら人を見下したような声音で言った。

「もちろん」

「だったら、どこか小さなブドウ園の産ということかな?」

「そうかもしれないし、リチャード、もしかしたら、そうじゃないかもしれない」

「でも、当たり年のものではあるわけだね? 秀作年のものなんだね?」

「そう、それは請け合うよ」

「だったら、それほどむずかしいわけがない」とプラットはもの憂げにとことん退屈しきったように言った。ただ、もの憂げに退屈しきったように言いながらも、その口調にはどこかしら不自然なところがあるように私には思えた。見るかぎり、眉間に何やら邪な影が射し、かすかながらその態度にもぎこちない作為のようなものがうかがえた。

「このワインはほんとうにむずかしいと思うよ」とマイクは言った。「だから、この一本での賭けは強要しないよ」

「ほう。それはまたどうして？」プラットはまたおもむろに眉を吊り上げ、わざと訊き返した。眼つきが冷ややかで鋭くなっていた。

「それはもちろんむずかしいからさ」

「これまた私に対する敬意があまり感じられない物言いだな」

「リチャード、リチャード」とマイクは言った。「そんなふうに思うのなら、私としては喜んで賭けるよ」

「そのワインを当てるのがそんなにむずかしいはずがない」

「それはつまり賭けに応じるということかい？」

「こっちこそ喜んで賭けさせてもらうよ」とリチャード・プラットは言った。

「わかった。だったら、いつものようにやろうじゃないか。このワインを一ケース賭けよう」

「私には当てられないと思うんだね？」

「実際のところ、そうだね、失礼を承知で言えば」とマイクは言った。そんなふうに彼のほうは努めて礼を失しないようにしていたが、プラットのほうはことのなりゆきすべてに対する侮りをあえて隠そうともしていなかった。が、奇妙なことに、彼の次のことばは少なからずこの賭けに興味を抱いていることをはしなくも露呈していた。

「賭けるものをもっと増やすつもりはないかな？」

「いや、リチャード、一ケースで充分だ」

「五十ケースにするとか？」

「そんなのは馬鹿げてるよ」

マイクはテーブルの上座にある自分の椅子のうしろにじっと立っていた。ご大層な枝編みのバスケットに入れたボトルを慎重に持ったまま。小鼻のあたりが白くなり、その口は真一文字に結ばれていた。

プラットのほうは椅子の背にだらしなくもたれ、口元に薄い笑みを浮かべて眉を吊り上げ、眼を半ば閉じるようにしてマイクを見上げていた。が、そこでまた私は彼の顔に明らかに不穏なものを見て取った。あるいは、そういうものが見えたように思えた――

眉間に作為の影のようなものが射し、眼そのものについて言えば、黒目の真ん中に狡猾さの鈍くて小さな火花がひそんでいるかのように。

「それはつまり賭けを大きくするつもりはないということだね？」

「私のことだけを言えば、リチャード、そんなことはどうでもいいんだよ」とマイクは言った。「きみに何か賭けたいものがあるのならなんでも賭けるよ」

三人の女性と私はじっと坐ったままふたりを見つめていた。マイクの奥さんはいかにも不快げな顔をしており、嫌悪がその口元に現われていた。今にもふたりのあいだに割ってはいりそうだった。みんなのまえのローストビーフの皿からはゆっくりと湯気が立ち昇っている。

「私が賭けたいものならなんでも賭ける？」

「そう言っただろうが。なんでもいいからきみが望むものを賭けるよ。そんなことがきみにとって大切だと言うなら」

「一万ポンドでもいいかい？」

「もちろん。それがきみの望みとあらば」マイクの自信のほどが今はありありとうかがえた。プラットが言い出す額がどれほどになろうと、自分には容易に応じられることがわかっているからだろう。

「ということは、何を賭けるかは私が決めていいということだね？」とプラットは念を押して言った。

「そう言ったはずだが」

間《ま》ができた。プラットはテーブルをゆっくりと見まわした。まず私を見てから三人の女性をひとりひとり見まわした。明らかに、彼はわれわれがこの賭けの証人であることを改めてわれわれに思い出させようとしていた。

「マイク！」とスコフィールド夫人が声をあげた。「マイク、こんな馬鹿げたことはもう終わらせて食事にしましょう。冷めちゃってるわ」

「いや、馬鹿げてなどいませんよ」とプラットが抑揚のない口調で夫人に言った。「ちょっとした賭けをしてるだけです」

私はメイドが野菜の皿を持ったまま、今出したものかどうか判断しかねてうしろにひかえているのに気づいた。

「よし、それじゃ」とプラットは言った。「きみに何を賭けてほしいか言おう」

「そういうことなら受けて立とうじゃないか」とマイクは無謀にも言い放った。「それがなんであれ――きみが考えているのがなんであれ、そんなことは私には気にもならない」

プラットはうなずき、口元にまた笑みを浮かべ、その間ずっとマイクを見つめながらおもむろに言った。「私が勝ったら、きみの娘さんと結婚させてほしい」

これにはルイーズ・スコフィールドが飛び上がって叫んだ。「なんなの、冗談じゃないわ！　ちっとも可笑しくない。パパ、こんなの、全然可笑しくないわ」

「まあまあ、ルイーズ」と彼女の母親が言った。「お父さまたちはただジョークを言っているだけなんだから」

「いや、これはジョークじゃありません」とプラットは言った。

「馬鹿げてる」とマイクが言った。また平静を失っていた。

「きみは私が賭けたいものならなんでも賭けると言ったじゃないか」

「金額の意味で言ったんだよ」

「いや、金額とは言わなかった」

「それでもそのつもりで言ったんだ」

「そんなふうに言わなかったとは残念なかぎりだけれど、いずれにしろ、初めに申し出たことを取り消したいのなら、私のほうはそれでまったくかまわない」

「申し出を取り消すとか取り消さないとかの問題じゃないよ、リチャード。どっちみち賭けにならないから言ってるのさ。だって私が賭けるものに見合うものがきみにはないんだから。きみが負けた場合、私には娘がいてもきみ自身にはいないんだから。たとえいたとしても、私はきみの娘さんと結婚しようとは思わないが」

「それを聞いて安心したわ、マイク」と彼の妻。

「だったら、きみの望むものをなんでも賭けようじゃないか」とプラットは宣するように言った。「たとえば私の家。私の家なんかどうだね？」

「どの家？」とマイクは冗談めかした口調で尋ねた。

「田舎の別荘のほうだな」

「だったらもう一軒のほうもどうだね？」

「よかろう。それがきみの望みなら、両方の家だ」

私にはその時点でマイクが思案したのがわかった。一歩前に出ると、バスケットに入れたワインをそっとテーブルに置いた。そして、塩入れを一方に動かし、次いで胡椒入れも動かし、自分のナイフを取り上げてその刃をもの思わしげにいっとき眺めてから、またもとに戻した。父親が明らかに思案していることが娘にもわかったのだろう。

「ちょっと、パパ！」と彼女は叫んだ。「馬鹿なことはやめて！ ことばにするのもばかばかしいわ。わたしはそんな賭けの対象になんかなるつもりはありませんからね」

「そのとおりよ、ルイーズ」と彼女の母親も言った。「すぐやめて、マイク。坐ってお料理を召し上がって」

マイクは妻を無視して、娘を見やると、おもむろに笑みを浮かべた。いかにも父親らしい保護者然とした笑みだった。が、その眼にはそれまでになかったささやかな勝利のきらめきが宿っていた。「いいかな」と彼は笑みを浮かべたまま言った。「いいかな、ルイーズ、このことはちょっと考えてみても悪くないと思うんだ」

「いいから、やめて、パパ！　そんなこと聞きたくもない！　まったく。こんな馬鹿げた話、聞いたこともないわ！」

「いや、ふざけているわけじゃない。落ち着いて、私の話を聞くだけは聞きなさい」

「わたしは聞きたくないって言ってるの」

「ルイーズ、頼むよ！　つまりこういうことだ。この大きな賭けはここにいるリチャードが言ってきたことだ。私じゃなくて彼が賭けたがってるんだよ。で、その賭けに負ければ、彼は相当な資産を失うことになる。いいから、ちょっと待って、黙って聞いてくれ。私が言いたいのはこういうことだ。彼には勝てるわけがないということだ」

「ご本人は勝てると思っておられるようだけれど」

「よく聞いてくれ。私には自分が何を言ってるのかよくわかってるんだから。クラレットのテースティングというのは、エキスパートでもそれがラフィットやラトゥールといった、有名で偉大なワインでないかぎり、ブドウ園しか当てられないんだよ。だから、そのワインがボルドー地方の産だったら、リチャードにはもちろん、それがサンテミリオンかポムロルかグラーヴかメドックかは言えるだろう。しかし、それぞれの地区にはいくつか村や小さな郡があって、そのそれぞれの郡にさらにいくつもの小さなブドウ園がある。だから、そうしたブドウ園までワインの味と香りだけで当てるなんて誰にもできるわけがないんだ。言わせてもらえば、このワインはそんな小さないくつものブドウ園の中にある小さなブドウ園のものでね。当てられるわけがない。そんなことは不可能なのさ」

「そこまで断言はできないんじゃないの？」と娘は言った。

「だから、それができると言ってるんだ。自分から言うのもなんだが、このワインに関しちゃ私は完璧に理解している。そもそも、おまえ、冗談じゃない、私はおまえの父親だ、私がおまえを——おまえの気に染まないことに巻き込んだりするわけがないだろうが。ただおまえのためにちょっとばかり金儲けをしてやろうと思ってるだけのことだ」

「マイク！」と彼の妻が鋭い声で言った。「すぐにやめてちょうだい、マイク、お願いだから！」

彼はまたしても妻を無視し、娘に話しかけた。「この賭けをやらせてくれたら、おまえは十分も経たないうちに二軒の大きな屋敷を持てるということだ」

「二軒の大きな屋敷なんか要らない」

「だったら両方とも売ればいい。この場でプラットに売って返してやればいい。その手続きは全部私がしよう。それでどうなるか考えてごらん。おまえは金持ちになれるんだぞ！　これから一生、金に不自由することなく独立して生きていけるようになるんだ！」

「でも、パパ、わたしは気が進まない。こんなことするなんてやっぱり馬鹿げてる」

「わたしもそう思います」と母親が言い、鶏のように頭を上下に小刻みに振った。「マイク、あなたったらよくも恥ずかしくないわね。そんなことを言い出すなんて！　しかも自分の娘を賭けるだなんて！」

マイクは妻を見ようともしなかった。「うんと言ってくれ！」娘をただ一心に見つめ、どこまでも熱を帯びた口調で言った。「今すぐ！　絶対に負けないと保証するから」

「でも、やっぱりやりたくないわ、パパ」

「いいからやるんだ！」

マイクは身を乗り出し、ぎらぎらしたふたつの眼で娘を見すえて急《せ》き立てた。娘にしてみればそんな父親に逆らうのは容易なことではないだろう。

「わたしが負けたらどうするの？」

「さっきから言ってるだろうが。負けるはずがないんだ。それは請け合うって」

「ああ、パパ、どうしてもやらなくちゃいけないの？」

「パパはおまえのために一財産こしらえてやろうとしてるんだ。だからもういいだろう、ルイーズ。やるね、いいね？」

娘は追いつめられ、またためらうような顔になり、それから力なく肩をすくめて言った。「わかったわ。パパが絶対に負けないって誓ってくれるならやってもいいわ」

「よし！」とマイクは大きな声をあげた。「いい子だ、それじゃ賭けを始めよう！」

「そう」とリチャード・プラットが娘に眼を向けて言った。「賭けだ」

マイクはすぐさまワインを手に取ると、指抜き一杯ほどの量を自分のグラスに注いだ。そして、弾んだ足取りでテーブルをまわり、みんなのグラスにも次々と注いだ。今や全員がリチャード・プラットを、彼の顔を、じっと見つめていた。プラットは右手をゆっくりと伸ばしてグラスを取り上げると、鼻の近くに持っていった。プラットは、歳は五十がらみ、人好きのする顔の男ではないが、その顔がどういうわけか口そのものに見えた——口と唇そのものに。美食家の濡れた分厚い唇、真ん中からだらりと垂れた下唇、決して閉じられることのないゆらゆらと揺れる試飲家の唇。グラスの縁と一口分の料理のためだけに形作られたように永遠に開いている唇。そんな彼の唇を見ながら私は思った。鍵穴みたいだと。彼の口は濡れた大きな鍵穴みたいだった。

彼はおもむろにグラスを鼻まで持っていくと、鼻先をグラスの中に入れ、ワインの表面を撫でるように動かして慎重ににおいを嗅いだ。そのあとワインの芳香をさらに立たせるためにグラスをそっとまわした。そこで眼を閉じた。すさまじいばかりに全神経を集中させていた。今や彼の上半身のすべてが、頭、首、胸が、においを敏感に察知して判断する巨大な機械になったかのように見えた。鼻から受け取ったメッセージをフィルターにかけ、分析する機械に。

マイクは椅子の上でくつろいでいた。いかにも関心がなさそうにしていたが、プラットの一挙一動を眼で追っているのは傍目にも明らかだった。テーブルのもう一方の端についているスコフィールド夫人は、不機嫌そうに顔をこわばらせ、背すじを伸ばし、まっすぐまえを見つめていた。娘のルイーズは椅子を少しうしろに引いて横向きになり、父同様、美食家の顔をじっと見すえていた。

少なくとも一分、プラットはにおいを嗅ぎつづけた。そのあと眼は閉じたまま、頭も動かさずグラスを口元まで下げると、ワインを半分ほど口にふくんだ。そして、そのまま身動きひとつすることなく、口の中をワインで満たして最初の一口を味わうと、その一部を咽喉に流し込んだ。それにともなって咽喉仏が動いた。それでも口の中にはまだほとんど残っていた。彼はそれを飲み込むことなく唇を開いて空気を細く吸い込み、口の中でワインの香りと混ぜ合わせてから、吸い込んだ空気を肺に送り込んだ。そこで息を止め、そのあと鼻から吹き出した。そして、最後にワインを舌の下で転がして嚙んだ。パンを食べるように歯で嚙んだ。

厳粛で堂々たるパフォーマンスだった。なかなか堂に入っていた。それは認めざるをえない。

「ううぅん」と彼はグラスを置くと、ピンク色の舌で唇を舐めながら言った。「ううん――そうだね、確かに興味深いワインだ。やさしくて愛想がよくて、後味は女らしいとさえ言える」

彼の口の中には大量の唾液が溜まっており、しゃべると、きらきら光る唾液が時折テーブルの上に飛んだ。

「まず消去法で始めよう」と彼は言った。「ここからは慎重に進めることを許してほしい。なにしろ大きな賭けだからね。いつもだったら少々危険を冒してでもさっさと進めて、ここだと思ったブドウ園の名前をずばり言うんだが、今回にかぎっては、そう、今回ばかりは念入りにやらなくてはね。だろう?」彼はマイクに顔を向け、濡れた分厚い唇で微笑んでみせた。マイクのほうは笑みを返さなかった。

「まずこのワインはボルドー地方のどの地区のワインなのか？　それを推測するのはさほどむずかしいことではない。サンテミリオンかグラーヴのものだったらこれほどボディが軽いはずがない。これは明らかにメドックのものだ。それについては疑問の余地がない。

次にメドックのどの村のものか？　それも消去法で考えると、さほどむずかしいことではない。マルゴー？　いいや、ちがう。マルゴーであるはずがない。マルゴーの強烈な香りがない。ポイヤック？　いいや、ポイヤックでもない。ポイヤックにしては軽くてやさしくてもの足りない。ポイヤックのワインは威圧的な味がする。それが特徴だ。それに私に言わせれば、ポイヤックのワインは、果皮と果肉のあいだの組織の味と、それにどことなく土の力強い味がする。それはブドウがその地域の土壌から受け取ったものだ。が、このワインはちがう。これはとてもやさしいワインだ。最初の一口は恥じらうようにひかえめで内気な感じがするが、二口目になると、かなり鷹揚《おうよう》な感じに変わる。ちょっとした茶目っ気、そう、二口目にはそれが感じられる。それにちょっといたずらっぽい面も見せる。舌に痕跡を残してからかうのだ。タンニンの痕跡を残して。そして後味は陽気だ――慰めを与えるように女性的で、それにある種の無頓着な寛大さもある。

この特徴はサンジュリアン村のワインにしか結びつけられない。まちがいない。これはサンジュリアンのワインだ」

彼は椅子の背にもたれると、両手を胸のまえに出して指を慎重に組み合わせた。その姿は滑稽なほど仰々しく、主人の気分を害するためにだけわざとやっているように見えた。気づくと私自身、彼が次に何をするかいささか緊張して待っていた。ルイーズが煙草に火をつけようとした。プラットはマッチをする音が聞こえると、彼女に顔を向け、いきなり怒りを爆発させて言った。「やめなさい！　そんなことをするんじゃない！　食卓で煙草を吸うなどというのは胸が悪くなるような習慣だ！」

ルイーズは火のついたマッチを持ったまま顔を起こした。その大きな眼がゆっくりとプラットの顔に向けられ、しばらくそこにとどまってから、嫌悪もあらわにまたゆっくりと離れた。彼女はそこでうつむいてマッチの火を吹き消しはしたものの、火のついていない煙草は指にはさんだまま持ちつづけた。

「失礼、お嬢さん」とプラットは言った。「それでも、食卓で煙草を吸うことだけは認めるわけにいかなくてね」

ルイーズは彼のほうをもう二度と見なかった。

「さてと——どこまで話したんだったか？　ああ、そうそう、このワインはボルドー地方のメドック地区のサンジュリアン村のものだというところまでだったね。ここまではまちがってない。しかし、次はもっとむずかしくなる——ブドウ園の名前となるとね。サンジュリアンにはいくつものブドウ園があって、しかもさきほどわれらがホストがいみじくも指摘したように、ブドウ園によってワインがさほど異なるわけではない。たいていの場合はね。それでもいずれわかるはずだ」

彼はまた一呼吸置いて眼を閉じた。「ワインの〝等級〟を探り出してみよう。これがわかればもう賭けにはほとんど勝ったも同然だ。さてと。まずこのワインは明らかに一級に格付けされたブドウ園のものではない——二級でもない。つまり、偉大なワインではないということだ。質として——なんと言えばいいか、そう——輝き、力強さが欠けている。三級というのはありうるだろうが、私に言わせればそれも疑わしい。これは当たり年のワインということだが——それはもうわれらがホストから聞いた——そのおかげで例年よりも味がよくなっているのだろう。ここは慎重にならなくてはいけない。そう、とりわけ慎重にね」

彼はグラスを取り上げると改めてワインを少し口にふくんだ。

「そう」舌で唇を舐めながら言った。「やはり正しかったな。これは四級のワインだ。それはもうまちがいない。これは秀作年の——実際には偉大な年の——四級のワインだ。

だからほんの一瞬、三級のような——二級と言ってもいいほどの味に感じられるんだ。よし、いいぞ！　これでだいぶ答に近づいてきた。さて、サンジュリアン村の四級に格付けされたブドウ園はどこか」

彼はまた一呼吸置いてから、グラスを持ち上げ、たるんだ下唇をグラスのふちに押しあてた。ピンク色の細長い舌が口から出てくるのが見えた。舌先がワインに触れ、すぐにまた引っ込められた——なんとも不快な光景だった。グラスを下げると、眼を閉じ、集中した顔つきになった。ただ唇だけが動いていた。濡れてふやけたふたつのゴム片のように。

「ああ、これだ、そう、またこれだ！」と彼は叫んだ。「しばらく経つと、タンニンが感じられる。渋みがすばやく舌を締めつけてくる。よし、よし、よし、もちろんだとも！　わかった！　このワインはベイシュヴェル近くの小さなブドウ園のものだ。そう、思い出した。ベイシュヴェルだ。川と小さな港。ただ川底に泥が堆積してしまって、今ではもうワインを運ぶ船はその川を使わなくなった。ベイシュヴェル……もしかしてまさにシャトー・ベイシュヴェルで造られたものということはあるだろうか。いや、ちがう。そうではない。しかし、そのごく近くで生産されたものだ。シャトー・タルボ？　シャトー・タルボだろうか？　それはありうる。ちょっと待ってくれ」

彼はまたワインを口にふくんだ。マイク・スコフィールドがそのふたつの小さな眼をリチャード・プラットから片時も離さず、口を少し開き、テーブルに覆いかぶさるほど前屈みになっているのが視野の隅にとらえられた。

「いや、そうではない。これはタルボではない。タルボはこのワインよりわずかに早く味がまえに出てくる。果実味がもっと表面近くにあるはずだ。もしこれが私の思っているとおり三四年のワインなら、タルボであるはずがない。さて、さて、さて。もう少し考えさせてくれ。これはベイシュヴェルでもなければ、タルボでもない。それでも——それでもそのふたつのシャトーのごく近くで造られたものだ。ごく近くでね。このワインのブドウ園はそのふたつのシャトーのあいだにあるにちがいない。では、そのシャトーとはどこか？」

プラットはそこでためらった。私たちは彼の顔を見つめて待った。今では誰もが、マイクの妻でさえ彼の顔をじっと見ていた。メイドが私たちのうしろのサイドボードに野菜を盛った皿を静かに置く音が聞こえた。できるだけ音を立てないようにそっと。

「ああ！」とプラットが叫んだ。「ああ、わかったぞ！　そうとも、わかった！」

そう言って、最後にもう一度ワインを口にふくんだ。そして、ワイングラスを口元にやったままマイクに笑みを向けた。取りすました笑みをゆっくりと浮かべて言った。

「これはどこのワインか。これはブラネール・デュクリュという小さなシャトーのワインだ」

マイクはじっと坐ったまま動こうとしなかった。

「年は一九三四年」

私たちは全員マイクを見ていた。彼がバスケットの中のワインをまわしてラベルを見せるのを待っていた。

「それがきみの最終的な答か？」とマイクは言った。

「ああ、だと思うよ」

「最終的な答えなのか、それともちがうのか？」

「最終的な答だ」

「名前をもう一度言ってくれ」

「シャトー・ブラネール・デュクリュだ。小さくて可愛いブドウ園。古くからある素敵なシャトーだ。ここのワインならよく知ってるよ。どうしてすぐにわからなかったのか不思議なくらいだ」

「ねえ、パパ」と娘が言った。「ボトルをまわしてラベルを見せて。二軒の家が欲しくなってきたわ」

「ちょっと待ちなさい」とマイクは言った。「いいからちょっと待ちなさい」彼は固まったようになって坐っていた。うろたえていた。顔がふやけて見えた。顔色も悪く、まるで体からすべての生気がゆっくりと流れ出ているかのように見えた。

「マイケル！」彼の妻がテーブルの反対側から鋭い声で問い質した。「いったいどうしたの？」

「口をはさまないでくれ、マーガレット。頼むから」

リチャード・プラットは眼を細めて光らせ、口元に笑みを浮かべ、マイクを見ていた。マイクは誰も見ていなかった。

「パパ！」娘が苦悶の声をあげた。「パパ、まさか、当てられたんじゃないでしょうね！」

「いいから、おまえは何も心配しなくていいんだ」とマイクは言った。「何も心配しなくていい」

さらに彼はプラットのほうを向いて言った。「こうしようじゃないか、リチャード。きみと私は今から隣りの部屋に行って少し話をしたほうがいいと思うんだが」そう言ったのはなにより家族のまえから姿を消したかったのだろう。

「私は話なんかしたくないね」とプラットは言った。「私がしたいのはそのワインのラベルを見ることだけだ」彼には賭けに勝ったことがもうすでにわかっていたのだろう。その態度には勝者に特有の落ち着き払った傲慢さがにじみ出ていた。難癖をつけられようものなら、どこまでも陰険になることが容易に見て取れた。「何を待ってるんだね？」とプラットは続けて言った。「さあ、ボトルのラベルを見せてくれ」

そこであることが起きた。プラットの脇には、白と黒のお仕着せを着た小柄なメイドが背すじを伸ばして立っていたのだが、手に持っていた何かを差し出して言ったのだ。

「これはお客さまのものだと思いますが」

プラットは横を向いて、メイドが差し出したべっこうの薄い眼鏡をちらりと見やった。そして、一瞬ためらってから言った。「私の眼鏡？　そうかもしれない。よくわからないが」

「いえ、お客さまのものです」メイドは年配の女性だった――六十より七十に近そうな――おそらく長年仕えている一家に忠実な使用人なのだろう。彼女は眼鏡をプラットのまえのテーブルに置いた。

プラットは礼も言わず、その眼鏡を取り上げると、ジャケットの胸ポケットの白いハンカチのうしろに入れた。

メイドはそれでもさがらなかった。プラットの少し斜めうしろに立ったままだった。

その態度と小柄な体を微動だにさせずすっくと立っている姿はなんとも異様だった。私は急に不安になり、気づくと一心に彼女を見つめていた。彼女は灰色がかった年老いた顔に決然とした冷ややかな表情を浮かべていた。唇をきゅっと引き結び、小さな顎を突き出し、両手を体のまえできつく握り合わせていた。頭に奇妙な帽子をのせ、お仕着せの前身頃が白く輝くその姿は、小鳥が羽を逆立てて白い胸を誇示しているかのようだった。

「お客さまはこれをミスター・スコフィールドの書斎にお忘れになりました」と彼女は言った。その声音は不自然でわざとらしく慇懃《いんぎん》だった。「緑のファイルキャビネットの上です。お客さまがお食事のまえにおひとりで書斎に行かれたときにお忘れになったのでしょう」

彼女のことばの意味を理解するにはしばらくかかった。そのあとに続く沈黙の中、私はマイクの様子に気づいた。彼は実にゆっくりと椅子から立ち上がろうとしていた。その顔にようやく血の気が戻るのがわかった。眼は大きく見開かれていた。口元はゆがみ、小鼻のまわりには危険な白い小さな斑点が浮き出ていた。

「マイケル！」と彼の妻が言った。「落ち着いて、マイケル！　ねえ、あなた、落ち着いてちょうだい！」

おとなしい凶器

Lamb to the Slaughter

部屋は暖かく、きれいに片づけられ、窓にはカーテンが引かれ、卓上ランプがふたつ灯されていた——彼女の横にひとつ、向かいの誰も坐っていない椅子の横にひとつ。背後のサイドボードの上には、背の高いグラスがふたつにソーダ水にウィスキー、サーモス製のアイスバケットには、冷凍室から取り出したばかりの角氷が入れられていた。

メアリー・マロニーは、夫が仕事を終えて家に帰ってくるのを待っていた。

時折、壁時計を見上げたが、それは心配のためではなく、夫の帰宅が刻々と近づいていることを確かめて、そのことをただ愉しんでいるのだった。そんな彼女には、ゆったりと笑みを浮かべているような雰囲気が漂い、ちょっとした仕種にもおだやかさが感じられ、手元の縫いものに眼を落とすその姿には不思議な静けさがあった。肌は——妊娠七カ月目にはいり――透き通るような色合いを帯びて、唇は柔らかく、眼は以前よりずっと大きく色濃くなり、その眼差しには、これまでになかった落ち着きが見られるようになっていた。

時計の針が五時十分まえを指すと、彼女は耳をすました。ややあって、いつもどおりタイヤが外の砂利を軋ませる音がして、車のドアが閉まり、窓の外を足音が通り過ぎ、家のドアの鍵がまわされる音がした。彼女は縫いものを置いて立ち上がると、ドアのところまで行き、夫にキスをして言った。

「おかえりなさい、あなた」

「ああ」と夫はそれに応えて言った。

彼女はコートを受け取ってクロゼットのハンガーに掛けると、サイドボードのところまで行って、飲みものを――夫のは濃く、自分のは薄くつくり、またいそいそと縫いものを置いた椅子に戻った。彼女の夫は、向かい側の椅子に腰をおろし、背の高いグラスを両手で持って揺らした。角氷がグラスにあたる音がした。

彼女はいつもこのひとときに幸せを感じた。一杯目を飲みおえるまで夫はあまり口を利きたがらないのだが、長い時間、家でひとりで過ごす彼女としては、夫のそばにいるだけで、そばにおとなしく坐っているだけで満足だった。夫の存在を心で受け止め――

日光浴をする人たちが太陽に感じるように――夫と一緒にいるといつも伝わってくる、男のあのぬくもりを感じるのが好きだった。坐っているときの彼のくつろいだ姿も、ドアからはいってくるときの彼の仕種も、部屋をゆっくりと大股で歩くその歩き方も、彼女をじっと見つめながらも、どこか遠くを見ているようなその眼差しも、ちょっとユニークな形をしたその唇も好きだった。そんな中でも、ウィスキーが多少なりとも疲れを癒してくれるまで、疲れたとも言わず、静かに坐っているときの彼の姿が、彼女は何より好きだった。

「疲れた、あなた?」

「ああ、疲れた」そう言うと、彼はいつもの習慣にないことをした。グラスを上げ、まだ半分は――少なくとも半分は残っていたウィスキーを一気に飲み干したのだ。その様子を見ていたわけではなかったが、彼女にはそれがわかった。飲みおえた夫が手をおろしたときに、角氷がグラスの底にぶつかる音が聞こえたのだ。彼は椅子の上でまえかがみになってしばらくじっとしていたが、そのうち立ち上がると、もう一杯つくりにサイドボードのところまで歩いた。

「あら、わたしがやるわ」と言って彼女はさっと立ち上がった。

「いや、坐っててくれ」と彼は言った。

戻ってきた彼のグラスには、濃い琥珀色の液体がたっぷりと注がれていた。

「ねえ、スリッパを持ってきましょうか？」

「いや、いい」

彼はその深い色合いの飲みものをゆっくりと飲みはじめた。濃いために、ウィスキーがグラスの中で、まるで油のようにうねっているのがメアリーにも見て取れた。

「あんまりよね」と彼女は言った。「あなたみたいなヴェテラン警察官に一日じゅう外を歩きまわらせるなんて」

彼はなんとも答えなかった。メアリーはまた下を向いて縫いものを続けた。夫がグラスを口に運ぶたびに、角氷がグラスの側面にぶつかる音がした。

「ねえ、チーズでも持ってきましょうか？　今日は木曜日だから、夕食の用意は何もしてないけど」

「いや、いい」と彼は答えた。

「疲れていて食べに出かける気がしないのなら」と彼女は続けて言った。「今からでも用意はできるわよ。冷凍庫にお肉とかがたくさんあるから。ここで食べればいい、その椅子に坐ったまま」

そう言って彼女は夫を見やり、夫が微笑むなり、軽くうなずくなりして応えてくれるのを待った。が、彼はどんな仕種も見せなかった。

「どっちにしろ」と彼女はなおも続けて言った。「チーズとクラッカーは持ってきましょう」

「要らないよ」

彼女は以前より大きく見える眼を夫に向けたまま、椅子の上で落ち着かなげに体をうごめかせた。「でも、夕食は食べなくちゃ。つくるのはなんでもないんだから。いいえ、わたし、つくりたいのよ。ラム・チョップでも、ポークでも。好きなものをなんなりとどうぞ。冷凍庫にはなんでもあるんだから」

「夕食の話はもういいよ」と彼は言った。

「でも、あなた、何か食べなくっちゃ。とにかく何かつくるから、食べるか食べないかは、それからあなたが決めればいいわ」

彼女は立ち上がり、縫いものを卓上ランプの脇に置いた。

「坐ってくれ」と彼は言った。「すぐすむから坐ってくれ」

ここで初めて彼女はどきっとした。

「さあ、坐ってくれ」

彼女は当惑し、以前より大きく見える眼で夫を見つめたまま、おもむろに椅子に坐り直した。彼はすでに二杯目を飲み干し、むずかしい顔でグラスの底を見つめながら言った。

「話がある。聞いてほしい」

「どうしたのよ、あなた？　何かあったの？」

彼はしばらく身じろぎひとつせず、頭を垂れていた。卓上ランプの明かりがその顔の上半分を照らし、顎と口元には影ができていた。彼の左の眼尻がかすかに痙攣《けいれん》しているのに彼女は気づいた。

「きみにはショックだと思うけれど」と彼は切り出した。「でも、ずいぶんと考えた挙句のことなんだ。今この場で話すしかないと思う。どうか恨まないでくれ」

そう言って彼は話した。長くはかからなかった。せいぜい四分か五分といったところだっただろう。その間、彼女は夫を見据え、声もなくじっと坐って聞いていた。ひとことごとに夫がどんどん遠ざかっていくのがわかり、その恐怖にただ呆然となっていた。

「というわけだ」と言って彼は最後につけ加えた。「今はこういうことを話すのに適したときでないことはわかってたけれど、ほかにどうしようもないだろ？　もちろん慰謝料は払う。今後もきみの面倒は見るつもりだ。だからどうか騒ぎ立てたりはしないでほしい。そういうことだけはなんとしても避けないとね。私の仕事上、そういうのはうまくないから」

　彼女はまず本能的に夫のことばをすべて信じまいとした。すべて撥ねつけようとした。そしてこう思った。夫は何も話さなかったのではないか。これはすべて自分が思い描いた幻想なのではないか。何も聞かなかったことにして、普段の仕事をしていれば、そのうち眼が覚めたようになり、実は何事も起こってはいなかったことがわかるかもしれない。

「とにかく夕食の支度をするわ」と彼女はどうにか声に出して言った。今度は夫も引き止めなかった。

　彼女は部屋を横切っても足が床についている感じがしなかった。何も感じられなかった——少し胸がむかつき、吐き気がすること以外は。体が機械的に動いていた——地下室へと階段を降り、明かりをつけ、冷凍庫の中に手を入れ、最初に触れたものをつかんだ。それを取り出して見た。紙に包まれていた。紙を剝がしてもう一度見た。

　仔羊の腿だった。

　これでいい。今夜の夕食はラムにしよう。彼女は、両手で腿肉の細い骨のところを持って階段を昇った。居間を通り抜けようとしてふと見ると、夫は彼女に背を向けて窓辺に立っていた。彼女は足を止めた。

「いい加減にしてくれよ」と夫は気配を察して振り向きもせずに言った。「夕食は要らない。おれはこれから出かけるんだから」

それを聞くなり、彼女は機械的に夫の背後に歩み寄ると、なんのためらいもなく、凍った仔羊の腿を高く振り上げ、夫の後頭部めがけて力任せに振り下ろした。

鉄の棒で殴ったも同然だった。

彼女は一歩下がって待った。奇妙なことに、夫は少なくとも四秒か五秒、ゆらゆらと揺れながら立っていた。それから絨毯の上にくずおれた。

強い衝撃があり、大きな音がし、小さなテーブルがひっくり返り、それらのおかげで彼女は我に返った。ゆっくりと頭がはっきりしてきた。寒けがした。驚き、忙しく瞬きをしながら、彼女はしばらく立ったまま夫の体を見下ろした。その両手には、仔羊の腿がまだ愚かしくきつく握りしめられていた。

しようがない、もう殺してしまったんだから。彼女はそう自分に言い聞かせた。

いくらか異常とも思われるほど、急に頭がすっきりしてきた。彼女はすばやく考えをめぐらせた。どんな処罰が待っているか。そんなことは、警察官の妻である彼女には考えるまでもなかった。でも、それでいい。そんなことはどうでもいい。いや、むしろそれが自分には救いになるかもしれない。でも、子供は？　妊娠中の殺人犯に関する法というのもあるのだろうか。結局、ふたりとも殺されてしまうのだろうか——母親も子供も。それとも、子供が生まれるまで待ってくれるのだろうか。そこのところはどうなっているのだろう？

メアリー・マロニーにはわからなかった。しかし、危険を冒す気にはもちろんなれなかった。

彼女は仔羊の腿を持ってキッチンにはいると、天パンにのせてオーヴンの温度を上げ、その中に押し込んだ。そして手を洗い、階段を駆け上がって寝室にはいり、鏡のまえに坐って化粧を直した。口紅を塗り、粉をはたいて微笑んでみた。なんだか変だった。もう一度試してみた。

「こんばんは、サム」と明るくはっきりと言ってみた。

声も変だった。

「じゃがいもを少し欲しいんだけど、サム。それと、そう、豆の缶詰も」

今度はいくらかよくなった。声も笑顔もよくなってきた。彼女はさらに何度か練習を繰り返してから、階下《した》に駆け降り、コートを手に取り、裏口から庭を抜けて通りに出た。

六時にはなっていなかったので、食料雑貨店にはまだ明かりがついていた。

「こんばんは、サム」と彼女は明るく微笑みながら、カウンターの向こうにいる男に声をかけた。

「おや、いらっしゃい、マロニーさん。何にします？」

「じゃがいもを少し欲しいんだけど、サム。それと、そう、豆の缶詰も」

男はうしろを向いて、背後の棚に手を伸ばし、豆の缶詰を取った。

「今夜は疲れてるから、外食するのはやめようってパトリックが言うのよ」と彼女は男に言った。「木曜日はいつも外で食べることにしてるんだけどね。でも、いずれにしろ、お野菜を切らしてたもんだから」

「肉のほうはいかがです？」

「お肉は間に合ってるわ。冷凍庫に立派な仔羊の腿肉があったの。でも、ありがとう」

「いいえ」

「解凍もしないでいきなり料理はしたくないんだけど、今夜はそうするよりしかたないわね。でも、大丈夫よね？」

「あたしは」と店の男は言った。「大してちがいはないと思いますけどね。じゃがいもはアイダホ産のでいいですかね？」

「ええ、結構よ。それをふたつお願い」

「ほかには？」と店の男は首を一方に傾げて彼女を見ながら愛想よく言った。「デザー

ト は？　デザートには何を？」

「そうね……何がいいかしら、サム？」

サムは店を見まわして言った。「特大のうまいチーズケーキはどうです？　ご主人、お好きでしたよね？」

「それで完璧ね。そう、チーズケーキは大好物だったわね」

買ったものを全部包んでもらい、代金を払うと、彼女は精一杯明るい笑みを見せて言った。

「ありがとう、サム。じゃ、またね」

「またどうぞ、マロニーさん、ありがとうございました」

さあ——と彼女は家へと急ぎながら自分に言い聞かせた——わたしがやらなければならないのは、夕食を待っている夫のもとに帰り、夕食を手ぎわよくつくること。それも、可哀そうなあの人は疲れきっているのだから、できるかぎりおいしくつくること。だから家にはいって、普段とちがうことにしろ、悲しいことにしろ、恐ろしいことにしろ、何かそういうことが起きていることがわかったら、当然わたしはショックを受けるだろうし、悲しみと恐ろしさで気が狂いそうにもなるだろう。でも、ここでひとつ気をつけなくては。それは、家で何か起きているなどとはわたしは思ってもいないということだ。

わたしは、ただ野菜を買って家に帰ってきただけなのだ。木曜日の夜、ミセス・パトリック・マロニーは夫の夕食をつくるために、野菜を買って家に帰ってきたのだ。そういうことなのだ、と彼女は胸につぶやいた。だから、すべて自然にいつもと同じようにやることだ。何もかも自然に任せれば、お芝居をする必要などどこにもない。

そんなわけで、裏口からキッチンにはいったときには、彼女は笑みさえ浮かべ、鼻歌まで歌っていた。

「パトリック、今帰ったわ、あなた」

そう声をかけて、彼女は買いもの包みをテーブルの上に置くと、居間にはいった。そして、夫が両脚を折り曲げ、片腕をねじるように体の下にして床に倒れているのを見たときには、ほんとうにショックを受けた。夫への長年の愛情と思慕が胸の内に湧き起こり、彼女は夫のもとに走り寄ると、その傍《かたわ》らにひざまずき、胸も張り裂けるほどに泣きだした。それはとても簡単なことだった。芝居をする必要などまったくなかった。

数分後、彼女は立ち上がり、電話のところまで歩いた。管轄署の番号はわかっていた。電話がつながると、彼女は叫んだ。「早く！　早く来て！　パトリックが死んでるんです！」

「あなたは？」

「マロニーの家内です。ミセス・パトリック・マロニーです」

「ということは、ご主人が死んでるということですか？」

「ええ、だと思います」と彼女は涙声で言った。「床に倒れてるんですが、どうも死んでるみたいなんです」

「すぐに行きます」

パトカーは実際すぐにやってきた。彼女は玄関のドアを開けた。警官がふたりはいってきた。ふたりとも顔見知りで――彼女はその分署のほとんどの警察官を知っていた――そのうちのひとり、ジャック・ヌーナンの腕の中に彼女は倒れるように飛び込んで、ヒステリックに泣きじゃくった。ヌーナンはそんな彼女をやさしく椅子に坐らせてから、死体のそばにひざまずいているオマリーというもうひとりの警官のところまで歩いた。

「やっぱり死んでるんですか？」と彼女は叫んだ。

「お気の毒ですが。何があったんです？」

彼女は、食料雑貨店に買いものに出て帰ってみると、夫が床に倒れていたことを手短に話した。泣きながら話した。その彼女の話の途中で、ヌーナンは死体の頭に小さな血のかたまりがこびりついているのに気づき、オマリーに示した。オマリーはすぐに立ち上がると、電話のところまで走った。

男たちが次々とやってきた。まず検死医。続いて刑事がふたり。そのうちのひとりは彼女も名前を知っている刑事だった。さらに写真撮影係がやってきて、現場写真を撮り、そのあと指紋検出係も到着した。彼らは死体を囲んで何やら小声でひそひそ話し合い、刑事は彼女に矢継ぎ早に質問を浴びせたが、それでも彼女に対する思いやりは忘れなかった。彼女はすでに警官に話したことを繰り返した。今度はパトリックが帰宅したときまで遡って話した。自分は縫いものをしており、疲れて帰ってきた夫は夕食を外で食べたがらなかったことまで。それで肉をオーヴンに入れ――「まだ入れたままになってます」――野菜を買いに食料品店まで出かけて帰ってみると、夫が床に倒れていたと話した。

「どこの食料品店です？」と刑事のひとりが訊いた。

彼女が答えると、刑事は振り向き、もうひとりの刑事に何やら耳打ちした。耳打ちされた刑事は、すぐさま通りへ出ていった。

そして十五分ほどして刑事はメモを手に戻ってきた。またひそひそ話が繰り返された。泣きながらも、彼女はとぎれとぎれにそのことばを耳にした。「……いつもとまったく変わらない様子で……とても明るく……夫においしい夕食を食べさせたいと……豆と……チーズケーキ……そんな彼女がまさか……」

やがて写真係と検死医が出ていき、入れちがいに男がふたりはいってきて、担架にのせて死体を運び出した。指紋係も引き上げ、ふたりの刑事とふたりの警官だけが残った。彼らは彼女にきわめて親切で、ジャック・ヌーナンは、お姉さんの家かどこかほかのところへ移ってはどうかと彼女に勧めた。あるいは、私の家に来てくれれば、家内もいることだしとも申し出た。

今は無理です、と彼女は言った。とても動けそうにありません。気分がよくなるまで、ここに坐っていたらお邪魔かしら。まだほんとうに気分が悪いんです。実際、それはほんとうだった。

それじゃ、とジャック・ヌーナンは言った。ベッドに横になってたら？

いいえ、と彼女は答えた。ここにいたいんです。この椅子に坐ってじっとしていたいんです。もう少しでたぶん気分もよくなるでしょうから、そうしたら動きます。

そう言う彼女をそのままにして、彼らはそれぞれ仕事に取りかかった。家宅捜索を始めた。時々、刑事のどちらかが彼女に質問をしにきた。ジャック・ヌーナンは、彼女のそばを通るたびに彼女にやさしいことばをかけ、パトリックは後頭部を何か重い鈍器で、おそらく大きな金属の塊りで殴り殺されたようだ、と教えてくれた。そして、その凶器を探しているところだと言った。犯人はそれを持ち去っているかもしれないけれども、敷地内のどこかに捨てたか、隠したかした可能性もあるから、と。

「昔からの常套捜査です。凶器を見つければ、犯人はもう捕まえたも同然なんです」

そのあと、刑事のひとりがやってきて彼女の横に坐り、彼女に尋ねた。お宅にあるもので、何か凶器になりそうなものはありませんか？　何かなくなっていないか調べてもらえませんか？　たとえば、大きなスパナとか、金属製の重たい壺とか。

金属製の重たい壺のようなものは家にはない、と彼女は答えた。

「じゃあ、大きなスパナは？」

そういうものも家にあるとは彼女には思えなかった。が、それと似たようなものならガレージにあるかもしれなかった。

捜索はなおも続けられた。警官はほかにもいて、彼らは家の外を捜索しているようだった。砂利を踏みしめる足音が聞こえ、時折、カーテンの隙間から懐中電灯の明かりが見えた。夜も更けてきて、炉棚の上の時計を見ると、もう九時近くなっていた。家の中を捜索している四人は段々くたびれ、いくらか苛立ってきているようだった。

「ジャック」と彼女はヌーナン巡査部長が通りかかると声をかけた。「一杯いただけません？」

「いいですとも。このウィスキーですね？」

「ええ。でも、少しで結構です。飲めば少しは気分がよくなるかもしれない」

　ヌーナンは彼女にグラスを渡した。

「あなたも一杯いかが？」と彼女は言った。「とても疲れてるんじゃありません？　どうかそうしてください。あなた方はとてもよくしてくださったんだもの」

「そうですね」とヌーナンは答えた。「ほんとうはいけないんですけどね。でも、元気づけの一杯くらいなら」

　ほかの者も居間に次々にやってきては、彼女に勧められるままに飲みはじめた。みな彼女をまえにして慰めのことばをかけなければと思うのか、ぎこちなくグラスを手にし、どことなく居心地悪そうにしていた。ふらりとキッチンにはいったヌーナン巡査部長が、すぐにまた出てきて言った。「マロニーさん、オーヴンがつけっぱなしで、中には肉がはいってますけど」

「まあ、大変！」とメアリーは叫んだ。「そうだったわ！」

「スウィッチを切っておいたほうがいいですか？」

「ええ、お願いします。ありがとう、ジャック」

　彼女はそう言い、彼がまた戻ってくると、その大きな黒い眼に涙をいっぱい浮かべて彼を見つめ、「ヌーナン巡査部長」と呼びかけた。

「はい？」

「ちょっとお願いがあるんですけど——あなただけじゃなくここにいる人たちにも」

「いいですとも、私たちにできることなら」

「ここにいらっしゃる方々はみなさんパトリックのいいお友達でした。そんな方たちが彼を殺した犯人を捕まえようとしてくださってるわけです。でも、みなさんとてもお腹をすかせていらっしゃるんじゃありません？　だって夕食の時間はもうとっくに過ぎてるんですから。そんなあなた方にちゃんとしたおもてなしをしなかったら、パトリックは……パトリックは絶対わたしを許してくれないと思います。だからオーヴンの仔羊はみなさんで召し上がってもらえません？　ちょうどもう焼き上がってる頃ですし」

「そんな、とんでもない」とヌーナンは言った。

「お願い」と彼女は懇願した。「どうか召し上がって。わたしにはとても手をつけられそうにありませんから。彼がまだここにいたときにあったものになんて。でも、あなた方なら大丈夫でしょ？　わたしを助けると思って、全部食べてください。お仕事はそのあとからでも続けられるでしょ？」

四人の警察官は大いにためらったものの、空腹はごまかしようがなく、最後には説き伏せられてキッチンへ行き、自分たちで仔羊をオーヴンから出して食べはじめた。彼女は居間に残り、開いたドアの向こうの彼らの声に耳をすました。口いっぱいにほおばっているために、その声は低く、くぐもって聞こえた。

「もう少しどうだ、チャーリー？」

「いや、全部食っちまうわけにはいかないよ」

「彼女はおれたちに全部食ってもらいたがってる。そう言ってたじゃないか。望みどおりにしてやろうぜ」

「わかった。じゃ、もう少し」

「パトリックはきっとどでかい棍棒ででも殴られたんだろうな。可哀そうに」と誰かが言った。「ドクターの話じゃ、まるで砕石用のハンマーで殴られたみたいに、頭蓋骨がぐしゃぐしゃになってたそうだ」

「だからすぐに見つかってもよさそうなもんなんだがな」

「まったくだ」

「誰がやったにしろ、そんなものをそういつまでも持ち歩くはずがないものな」

誰かがげっぷをした。

「おれはこの家にまだあると思うね」

「たぶんおれたちの眼のまえにあるのさ。どう思う、ジャック？」

メアリー・マロニーはそれを聞いて居間でくすくす笑いはじめた。

南から来た男
Man from the South

そろそろ六時になろうとしている頃だった。ビールを買って外に出て、プールサイドのデッキチェアに坐り、夕暮れの陽射しを少し浴びることにした。

バーに寄ってビールを買い、それを持って外に出ると、庭園をぶらぶらと歩いてプールに向かった。

芝生とツツジの花壇、それに背の高いココヤシの木が植えられた立派な庭園で、ココヤシの木のてっぺんに強い風が吹くたびに、葉がまるで燃えているかのようなシューシューパチパチという音をたてていた。そんな葉の下に大きな茶色の実がいくつも房になっているのが見えた。

プールのまわりには何脚ものデッキチェアに、白いテーブル、明るい色のパラソルが置かれ、日焼けした男女が水着姿であちこちに坐っていた。プールには三、四人の若い娘と十人ほどの若い男がいて、みんなでわいわい騒ぎながら水をはねかし、大きなゴムのボールを互いにぶつけ合っていた。

私は立ったまままそんな彼らを眺めた。若い娘たちはホテルに泊まっているイギリス人で、男たちのほうはよくわからなかったが、ことばからアメリカ人のように見受けられた。その朝、港に着いたアメリカ海軍の練習船に乗り組んでいる練習生のように思われた。

歩いて、黄色いパラソルの下に坐った。そこには椅子が四脚置かれており、どれも空いていた。ビールをグラスに注いで煙草を手に、椅子の背にゆったりともたれた。

ビールを飲み、煙草を吸いながら、陽を浴びてそこに坐っているだけでなんとも気持ちがよかった。坐って、澄んだ水の中で遊んでいる若者たちをただ眺めているのも。

アメリカの水兵はイギリスの若い娘と仲よくやっており、水中にもぐって娘たちの脚をつかんでひっくり返したりできるぐらいには親しくなっていた。

そんなところへ年配の小柄な男がプールの角をまわり、きびきびとした足取りでやってきた。一分の隙なく白いスーツを着こなし、一歩一歩爪先立って体を高くもたげるようにして、小さな歩幅でとてもすばやく、弾むように歩いていた。クリーム色の大きなパナマ帽をかぶり、人たちとデッキチェアを見ながらプールサイドで跳ねていた。私の脇で立ち止まると、男は笑みを浮かべた。とても小さな二列の歯がのぞいた。歯並びは悪く、幾分変色していた。

「すみません、すみません、ここ坐ってもいいですか?」笑みを向けられ、私も笑みを返した。

「もちろん」と私は答えた。「どうぞ」

男は跳ねるような歩き方で椅子の背の側にまわると、安全性を確かめてから坐り、脚を組んだ。通気性を高めるために全体に小さな穴をあけた白いバックスキンの靴を履いていた。

「よい夕べです」と男は言った。「ジャマイカ全部よい夕べです」イタリア訛りなのかスペイン訛りなのかはわからなかったが、南アメリカの人間であることはまちがいなかった。近くで見ると、けっこうな歳のようで、六十八歳から七十歳くらいに見えた。

「確かに」と私は応じて言った。「ここはすばらしいところですね」

「訊かせてください。この人たち誰です? ホテルの客でないです」男はプールにはいっている若者たちを指差していた。

「アメリカの水兵さんじゃないでしょうかね」と私は言った。「水兵になる訓練中の若者たちだと思います」

「もちろんアメリカ人です。世界じゅうのほか誰があんな騒がしい音たてますか？　あなたはアメリカ人じゃないです。でしょ？」

「ええ、ちがいます」

気づいたときにはアメリカ人の練習生のひとりが私たちのまえに立っていた。プールから上がってきたばかりで水を垂らしていた。イギリス人の娘のひとりもその脇に立っていた。

「この椅子、空いてます？」と練習生は言った。

「ええ」と私は答えた。

「坐ってもかまいません？」

「どうぞ」

「どうも」と練習生は言った。タオルを手に持っており、坐るときにそれを広げると、中にくるんであった煙草とライターを取り出して、イギリス人の娘に勧めた。娘は要らないと断わった。すると、練習生は私にも勧めてきたので、私は一本もらった。そこで小男が言った。「ありがと、でも、私、葉巻あるんで」そう言って、鰐革《わにがわ》のケースから葉巻を取り出すと、次に小さな鋏《はさみ》のついたナイフも取り出して葉巻の端を切った。

「火をつけさせてください」とアメリカ人の若者がライターを掲げて言った。

「この風じゃつかないです」

「つきますとも。つかないことはないんです」

小男は口から葉巻を取ると、小首を傾げて若者を眺め、おもむろに言った。

「つかないことない？」

「ええ、必ずつきます。まあ、ぼくがつければね」

小男はなおも小首を傾げ、まだじっと若者を見つめていた。「これはこれは。つまりきみはこの有名ライターつかないことないと言うのですね？　そうなんですね？」

「そう」と若者は言った。「そのとおりです」歳は十九か二十か、そばかすの散った面長の顔で、鳥のくちばしのような線の鋭い鼻をしていた。胸はさほど日焼けしておらず、そこにもそばかすが散り、薄く赤みがかった胸毛がひかえめに生えていた。右手にライターを持ち、点火ホイールに指をかけ、すぐにつけられるようにしていた。「つかないことはないです」と彼は言った。自慢の種をわざと誇張したのが自分でも可笑しかったのだろう、笑みを浮かべていた。「約束しますよ。必ずつきます」

「ちょっとちょっと、ちょっと待ってください」葉巻を持った手が高く上げられた。まるで車を停めようとでもするかのように手のひらを外に向けて。「ちょっと待って」男は妙に柔らかくて抑揚のない声音をしていた。若者から片時も眼を離そうとしなかった。

「だったら、たぶんちょっとした賭けやりませんか？」そう言って男は若者に微笑みかけた。「あなたのライターつくかつかないでちょっとした賭けやりませんか？」

「いいですよ、やりましょう」と若者は言った。「いいですとも」

「賭けしたい？」

「ええ、賭けはしょっちゅうやってます」

男は間を置き、葉巻をしげしげと見つめた。その仕種が私はあまり好きになれなかった。そのことは言っておかなければならない。すでにこのことから何かを企んでいるように思えたのだ。若者を辱めようとしているようにも見えた。同時に、本人にしかわからないひそかでささやかな秘密を愉しんでいるようなところも感じられた。

男は顔を起こすと、若者にまた眼を向けておもむろに言った。「私も賭け好きです。だったらこれでいい賭けしましょう。大きないい賭けです」

「いや、ちょっと待ってください」と若者は言った。「それは無理です。でも、二十五セントぐらいならいいですよ。一ドル賭けてもいいな。それがここじゃいくらになるにしろ──たぶん数シリングかな」

小男はまた手を上げて言った。「聞いてください。愉しみましょう。私たち、何を賭けるか決めます。そしたらこのホテルの私の部屋行きます。そこは風ありません。そこで、私、賭けます。あなたにはその有名ライターで一回もつけそこなうことなく、十回続けてはつけられないほうに」

「だったら、ぼくはつけられるほうに賭けましょう」と若者は言った。

「よろしい。よろしい。これで賭け成立ですね？」

「ええ、だったら一ドル賭けますね」

「いえいえ、私、いい賭けします。私、金持ちです。私、賭け好きです。聞いてください。このホテルの外に私の車あります。とてもいい車です。あなたの国のアメリカの車です。キャディラックです――」

「いやいや、ちょっと待ってください」若者はデッキチェアの背にもたれると、笑い声をあげた。「ぼくのほうはそんな財産みたいなものは賭けられませんよ。馬鹿げてる」

「全然馬鹿げてません。ライターを続けて十回うまくつけられたら、キャディラック、あなたのものになるのです。あなた、キャディラック持ちたいです。でしょ？」

「それはね。そりゃキャディラックは持ちたいです」若者はまだにやにやしていた。

「よろしい。よろしい。私たち賭けします。私、キャディラック賭けます」

「ぼくは何を賭ければいいんです？」

小男はまだ火がついていない葉巻の赤いシガーバンドを慎重にはずした。「お若い方、私はあなたに賭けられないもの賭けてもらおうと思ってません。わかりますか？」

「だから何を賭ければいいんです？」

「とても簡単なものにします。いいですね？」

「いいですよ。簡単なものにしてくれるんですね」

「どっかへやっちゃってもいい思うちっちゃなものです。たまたま、あなた、負けても、そんなにひどい気分なりません。いいですね？」

「たとえばどんな？」

「たとえば、そう、たぶんあなたの左手の小指とか」

「ぼくのなんですって？」若者の顔から笑みが消えた。

「はい。いいでしょう？　あなた勝つと、あなた車もらいます。あなた負けると、私、指もらいます」

「わからないな。どういう意味です、指をもらうって？」

「私、あなたの指を切り落とします」

「なんですって！　そんな馬鹿げた賭けがありますか。ぼくはやっぱり一ドルにします」

　小男は椅子の背にもたれると、両の手のひらを上に向け、ちょっと小馬鹿にしたように肩をすくめてみせた。「これはこれはこれは。私、わかりません。あなた、そのライター必ずつくと言う。でも、賭けない。そういうことなら忘れましょう、いいですね？」

若者は坐ったまま、プールの中にいる人たちをじっと見つめてしばらく押し黙った。そこでまだ煙草に火をつけていなかったことを急に思い出したようだった。手にしていた煙草を口にくわえ、両手をお椀のような形にしてライターを囲い、ホイールを指でまわした。芯に火がつき、しっかりとした小さな黄色い炎が立ち昇った。若者が手で囲っているので、風の影響を受けることはまったくなかった。

「私も火をもらえるかな？」と私は言った。

「ああ、すみません。まだ火がついていなかったのを忘れてました」

ライターを貸してもらおうと私は手を伸ばした。が、若者は立ち上がり、わざわざやってきて火をつけてくれた。

「ありがとう」と私は言った。若者はまた自分のデッキチェアに戻った。

「ここは気に入りましたか？」と私は尋ねた。

「ええ」と彼は答えた。「いいところですよね」

そのあとはことばが途切れた。いかにも馬鹿げた申し出ながら、小男が巧みに若者の心を乱したことは容易に見て取れた。若者は身じろぎひとつせずじっと坐っていたが、彼の中で小さな緊張が昂《たかぶ》りつつあるのは明らかだった。デッキチェアの上でもぞもぞと体を動かしはじめ、胸をさすり、首のうしろを撫でると、最後には両手を膝の上に置いて膝がしらを指でこつこつと軽く叩きはじめた。そのうち片足の爪先でも地面をこつこつやりはじめた。

「このあなたの賭けのことを確かめたいんだけれど」と彼はようやく口を開いた。「こういうことですよね。ホテルのあなたの部屋まで行って、そこでこのライターの火を十回続けてつけられたら、ぼくはキャディラックをもらえる。一回でもミスすれば、ぼくは左手の小指を失う。そういうことですね？」

「はい、そのとおり。それが賭けです。でも、あなた、怖がってる」

「ぼくが負けたらどんなふうにするんです？　ぼくは指を差し出して、あなたがぼくの小指を切り落とすのを待ってなきゃならないんですか？」

「とんでもない！　それはよくないです。あなた、手を差し出したくなくなるかもしれないでしょ？　賭けを始めるまえに、私、あなたの手をテーブルにくくりつけます。そして、あなたのライターつかなかったらすぐ切り落とせるようナイフ構えてます。それが私のやるべきことです」

「キャディラックは何年型？」と若者は尋ねた。

「すみません。あなたの言うことわかりません」

「何年――あなたのキャディラックは買って何年経つんです？」

「何年経つ？ ああ、はい、それは去年です。とても新しい車です。でも、お見受けするところ、あなた、賭けする人じゃありません。アメリカ人みんなちがいます」

若者はいっときロをつぐんでから、まずイギリス人の女の子、次に私を見てからきっぱりと言った。「いや、やりましょう」

「すばらしい！」そう言って、小男はそっと一度だけ手を叩いた。「すばらしい。今、やりましょう。で、あなた」小男は私のほうを向いて言った。「あなたのご親切なお気持ちにお願いできないでしょうか――いわゆる審判というものやってもらえませんでしょうか？」小男はほとんど色がないと言っていいほど薄い色の眼をしていた。その眼の中で小さな黒い瞳がきらきらと光っていた。

「いや」と私は言った。「私にはなんとも馬鹿げた賭けとしか思えません。こういうことはあまり感心しませんね」

「わたしもよ」とイギリス人の女の子が言った。彼女が口を利いたのはそのときが初めてだった。「ほんとに馬鹿げてて無茶苦茶な賭けよ」

「この若者が負けたら、あなたは本気で彼の指を切り落とすんですか？」と私は尋ねた。

「もちろん本気です。彼が勝ったらキャディラックあげるというのもね。来てください。私の部屋、行きましょう」

そう言って彼は立ち上がった。「あなた、最初に服着たいですか？」

「いや」と若者は答えた。「このまま行きます」そう言って、若者は私のほうを見た。「あなたも来て、審判やってくださったら、嬉しいんですけど」

「わかりました」と私は言った。「こういう賭けはあまり気に入らないけど」

「きみも来てくれよ」と若者は女の子にも言った。「来て、見ていてくれよ」

小男が先頭に立ち、私たちは庭園を横切ってホテルの建物に向かった。小男は興奮してか、今や見るからにきびきびしており、そのため爪先立って歩く跳ね方が最初に見たときよりさらに高くなっているように見えた。

「別館に泊まってます」と彼は言った。「最初に車見たいですか？　ちょうどここにあります」

そう言って、私たちをホテルの正面の車寄せが見えるところまで連れていくと、立ち止まって指差した。淡いグリーンの優美なキャディラックがすぐそばに停めてあった。

「あれです。あのグリーンの車。気に入りましたか？」

「ええ、まあ、いい車ですね」と若者は言った。

「よろしい。それでは階上《うえ》に行って、あなたあの車を手にするかどうか見てみましょう」

私たちは彼について別館にはいると、階段を二階までのぼった。彼がドアの鍵を開け、私たちは広くて居心地のよさそうなダブルベッドルームにぞろぞろとはいった。ひとつのベッドの裾に女物の部屋着が無造作に置かれていた。

「まずは」と彼は言った。「マティーニ、飲みましょう」

酒は部屋の奥の隅に置かれた小さなテーブルの上に用意されていた。すぐにカクテルがつくれるよう、シェーカーと氷といくつものグラスものっていた。マティーニをつくりはじめるまえに男はベルを鳴らしており、ほどなくドアをノックする音が聞こえ、黒人のメイドがはいってきた。

「ああ！」と言ってジンのボトルを置くと、男はポケットから財布を取り出し、一ポンド札を抜き取った。「ちょっとあなたにやってほしいことあります。お願いします」そう言って、一ポンドをメイドに渡した。

「それ、取っておいてください。これから私たち、ここでちょっとしたゲームします。それであなたに探してきてほしいものふたつあります――いや、三つだな。釘を何本かと、ハンマーと、それからチョッピング・ナイフ、欲しいです。肉切り包丁です。厨房で借りられますよね。できます？　できますよね？」

「肉切り包丁！」とメイドは眼を大きく見開いて両手を胸のまえで握りしめた。「本物の肉切り包丁ですか？」

「そうです、そうです、もちろん。さあ、ぐずぐずしてないで。頼みます。きっと見つけられますよね」

「はい、やってみます。もちろん、やってみます」メイドはそう言って出ていった。

小男はみんなにマティーニを手渡した。私たちは立ったままそれに口をつけた。色褪せた茶色の水泳パンツ以外何も身につけていない、とがった鼻の面長の顔にそばかすの散った若者も。骨太の体に淡いブルーの水着をまとったブロンドのイギリス娘も。彼女はグラスのふち越しにずっと若者を見ていた。色のない眼をした小男はと言えば、しみひとつない白いスーツのままマティーニを飲みながら、淡いブルーの水着を着た娘を見ていた。この状況をどう考えればいいのか、私にはさっぱりわからなかった。どう見ても男はこの賭けを真剣に考えている。指を断ち切ることを真面目に考えている。しかし、いや、ほんとうに若者が負けたらどうなるのか。われわれは若者を急いで病院に連れていかなければならなくなるだろう。彼が手に入れることが叶わなかったキャディラックに乗せて。それ自体はことさら問題のないことだ。そう、問題など何もないではないか。いやいや、見るかぎりとことん愚かで不必要なことだ。

「こんな賭けはなんとも馬鹿げていると思いませんか?」と私は言ってみた。

「いや、悪くない賭けですよ」と若者が答えた。彼はもう大ぶりのグラスに注いだマティーニを飲み干していた。

「愚かで馬鹿げた賭けよ」とイギリス娘が言った。「あなたが負けたらどうなるの?」

「大したことにはならないよ。考えてみると、これまでの人生で左手の小指を何かに使ったことなんか思い出せないくらいだもの。こいつはここにちゃんといても」若者は左手の小指を右手でつかんだ。「ここにちゃんといても、まだ一度も何もしてくれてない。そんなものをどうして賭けちゃいけないんだい? 悪くない賭けだよ」

小男はにやりと笑うと、シェーカーを取り上げ、みんなのグラスにマティーニを注ぎ足して言った。

「始めるまえに——その、審判に車のキー、渡しておきます」そう言って、ポケットからキーを取り出し、私に渡して続けた。「書類は——車検証と保険証書は車のポケットにあります」

黒人のメイドが戻ってきた。片手に小さな包丁——肉屋が骨を切るのに使う類いの包丁――を持ち、もう一方の手にはハンマーと釘を入れた袋を持っていた。

「すばらしい！　全部持ってきてくれましたね。ありがと、ありがと。もうさがっていいですよ」彼はメイドがドアを閉めるのを待って、道具をベッドのひとつの上に置いた。「これで準備できました。いいですね？」そのあと若者に向かって言った。「手伝ってください。お願いします。このテーブル。ちょっとまえに出します」

それはホテルに備え付けられているごく普通の長方形の書きもの机だった。縦横四フィートと三フィートほどの大きさで、吸い取り紙とインクとペンと用箋が置かれていた。男と若者はそのテーブルを壁ぎわから持ってくると、その上の文房具をどけた。

「さて」と男は言った。「次は椅子です」そう言って、椅子を持ってきてテーブルの脇に置いた。きびきびとして、いかにも生き生きとしていた。子供のパーティでみんなのために何かゲームを始めようとしている人のように。「次は釘です。釘を打たなければなりません」男は釘を持ってくると、テーブルに打ちつけはじめた。

私たち――若者、娘、私――はマティーニを手に立ったまま男が働くさまを見ていた。彼が六インチほどの間隔をあけて、釘を二本テーブルに打ちつけるのを。男は釘を最後まで打ちつけるのではなく、いくらか余裕を残し、打ちおえると、釘の強度を指で確かめた。

誰もが思ったことだろう、このとんでもない男は以前にも同じことをしている。私はそう心の中でつぶやいた。彼には迷いがなかった。テーブル、釘、ハンマー、包丁。何が必要で、どうすればいいか、熟知していた。

「さて。あと必要なのはひもです」と彼は言うと、しっかりとしたひもを持ってきて続けた。「よろしい。これでようやく準備が整いました。テーブルについて坐ってください。お願いします」若者にそう言った。

若者は手にしていたグラスを置くと椅子に坐った。

「では、左手を二本の釘のあいだに置いてください。お願いします。釘はただあなたの手、縛りつけるためだけのものです。そうです、いいです。今からあなたの手、テーブルに固定します――では」

彼はまず若者の手首を縛り、さらに手の広い部分に何度か巻きつけ、釘にきつく固定した。なんとも手ぎわがよかった。その作業が終わってみると、疑問の余地なく若者にはもうそこから手を引き離せなくなっていた。動かせるのは指だけだった。

「さて、お願いします。小指だけ別にして拳を握ってください。小指だけテーブルの上に伸ばさなければいけません。

すばらしい、すばらしい！　これで用意できました。右手でライターつけられます。

でも、ちょっと待ってください。お願いします」

彼はスキップをするような足取りでベッドのところまで行くと、包丁を取り上げた。そして、また戻ってくると、包丁を片手に持ってテーブルの脇に立った。

「用意はいいですか？　審判さん、あなた、開始を言わなくてはいけません」

淡いブルーの水着を着たイギリス娘は若者が坐る椅子の真後ろに立っていた。ただ立っていた。もう何も言わなかった。若者は椅子にじっと坐り、右手にライターを持って包丁を見ていた。小男は私を見ていた。

「準備はいいかい？」と私は若者に言った。

「ええ、いいです」

「あなたは？」と私は小男にも尋ねた。

「全然いいです」彼はそう答え、包丁を宙にもたげ、すぐにも振りおろせるよう若者の指の上、二フィートほどのところで構えた。若者は包丁をじっと見ていたが、ひるむこともなく口もまったく動かさなかった。ただ、眉を吊り上げ、ひそめただけだった。

「わかりました」と私は言った。「では、始めて」

若者が言った。「火がついたら声に出して数を数えてくれませんか？」

「いいとも」と私は言った。「そうしよう」

若者は親指でライターの蓋を開けると、その親指で点火ホイールを鋭くまわした。火花が散り、芯が火をとらえ、黄色い小さな炎が立った。

「一回！」と私は声を大きくして言った。

若者は火を吹き消さず、ライターの蓋を閉じて消した。そして、五秒ぐらい待ってからまた蓋を開けた。

ことさら力を込めて点火ホイールをまわした。また小さな炎が芯についた。

「二回！」

誰も何も言わなかった。若者はずっとライターから眼を離さなかった。小男も包丁を宙に掲げたままじっとライターを見つめていた。

「三回！」

「四回！」

「五回！」

「六回！」

「七回！」例のよくつくライターであることはまちがいなかった。点火ホイールは派手に火花を散らし、芯も適切な長さになっていた。私は若者が親指でライターの蓋をして火を消すのを見つめた。いくらかの間《ま》のあと、親指がまた蓋を開けた。親指一本の芸当だった。親指がすべてをこなしていた。私はひとつ息をついて、八回と言うのに備えた。親指が点火ホイールをまわした。火花が散った。小さな炎が立った。

「八回！」と私は言った。私がそう言うと同時にドアが開いた。全員が振り返った。戸口に女性が立っていた。もう若くはない、黒い髪の小柄な女性だった。その場に二秒ほど立っていたかと思うと、つかつかとまえに出てきた。「カルロス！　カルロス！」と叫びながら。そうして小男の手首をつかむと、包丁を取り上げてベッドの上に放り、今度は小男の白いスーツの襟をつかんで、乱暴に揺すりはじめた。その間ずっと小男に向かって、スペイン語のように聞こえることばを早口でまくし立てながら。あまりにすばやく揺さぶるものだから、小男の姿が見えなくなったほどだ。その輪郭があまりにすばやく動くので、影が薄れ、靄《もや》のようになった。回転している車輪のスポークのように。

女性が揺さぶる手を緩めると、小男がまた見えるようになった。女性は小男を引っぱって部屋を横切ると、ベッドの上に押しやった。小男はベッドの端に尻餅をついた恰好で眼をしばたたき、首がまだちゃんと動くかどうか確かめた。

「申しわけありません」と女性は言った。「こんなことになってほんとうに申しわけありません」女性はほぼ完璧な英語を話した。

「ほんとうにひどすぎます」と女性は続けた。「わたしがいけないんです。洗髪をしてもらうのに十分ほど彼をひとりにしてしまって。戻ってみたら、またやってたんですから」女性はほんとうに申しわけなさそうにしていた。ひどく心を痛めているように見えた。

若者はテーブルに固定された手をほどいていた。イギリス人の娘と私は無言のまま、ただ突っ立っていた。

「この人はほんとうに困り者なんです」と女性は言った。「わたしたちが住んでるところで、この人はそれぞれ別々の人から全部で四十七本の指を集めて、十一台の車を失いました。で、最後には精神病院かどこかに入れられそうになったんです。この人をここに連れてきたのはそのためだったのに」

「ちょっとした賭けをやってただけだよ」と小男がベッドからぼそぼそと言った。

「この人は車を賭けたんでしょう？」と女性は言った。

「ええ」と若者は答えた。「キャディラックを」

「この人の車じゃないんです。わたしの車です。だからよけいひどいんです。賭けるものなんて何もないのに賭けたりして。ほんとうに恥ずかしい。何もかもほんとうに申しわけありませんでした」彼女はすこぶるいい人に見受けられた。

「そういうことなら」と私は言った。「車のキーはここに」そう言って、テーブルの上にキーを置いた。

「ちょっとした賭けをやってただけじゃないか」と小男がまたぼそぼそと言った。

「この人には賭けるものなんてもう何も残されてないんです」と彼女は言った。「金輪際もう何もないんです。何ひとつ。実を言うと、ずっとまえにこのわたしが全部取り上げたんです。それにには時間がかかりました。とても長い時間が。それにそれは簡単なことじゃなかった。でも、最後には全部取り上げたんです」彼女は顔を上げて若者を見やり、笑みを浮かべた。おもむろで悲しい笑みだった。それからまえに出てくると、手を出してテーブルの上の車のキーを取った。

今でも眼に浮かぶ。そのときの彼女の手だ。彼女の手には指がなかった。親指とあともう一本しか指がなかった。

兵　士
The Soldier

盲人になるというのがどんな気分のものかよくわかるような夜だった。彼の眼には、物の影も判然とせず、空を背景にした木々のシルエットさえ見えなかった。

暗闇の向こうから、生け垣の中でかさかさと鳴る小さな音が聞こえているのに彼は気づいた。野原のいくらか離れたところからは馬の息づかいが聞こえた。それに肢を動かすたびに聞こえる柔らかな蹄《ひづめ》の音。さらに頭のすぐ上を鳥がさっとかすめた音もした。

「ジョック」と彼は大きな声で呼んだ。「そろそろ家に帰るぞ」そう言って、振り向くと、坂になった小道を上がって引き返しはじめた。犬に引っぱられて。暗闇の中、道を示させて。

もう零時近いはずだ。それはつまりもうすぐ明日になるということだ。明日は今日よりも悪い。あらゆるものの中で明日が一番悪い。明日はやがて今日になるのだから――今である今日に。

今日はあまりいい日ではなかった。とげの一件では特に。

やめるんだ、と彼は自分に言い聞かせた。考えても意味がない。そんなことを考えても誰の得にもなんの得にもならない。気分転換に何かほかのことを考えるんだ。危険な思いのある場所に別の思いを押し込めば、危険な思いなど蹴り出せる。戻れるところまで戻るんだ。愉しい日々の記憶を取り戻そう。海辺で過ごした夏休み。濡れた砂。赤いバケツ。エビを捕まえるための網。海草が張りついたすべりやすい岩。小さな澄んだ水たまり。イソギンチャクや巻き貝やムール貝。時々見ることができた灰色の半透明のエビ。青くきれいな水中深く漂っていた。

でも、あのとげはどうやって足の裏に刺さったんだろう？　痛みも何も感じなかったのに。

いや、そんなことは重要なことではない。それより潮が引いたあとタカラ貝を探したときのことを覚えているか。そのどれもがあまりにきれいで見事だったので、高価な宝石のようにずっと手に握って家に持って帰ったことを。それに小さなオレンジ色のホタテ貝。真珠のような光沢のあるカキの貝殻。エメラルド色のガラスのかけら。生きたヤドカリ。ザル貝。エイの針。そして、見たのは一度だけだけれども、決して忘れられない人間の骨。歯のついた人間の顎の骨。浜に打ち上げられ、干からびていた。貝殻や小石に交じり、その骨は白く美しかった。ほら、ママ、見て。ぼくが見つけたの！　見てよ、ママ、見て！

しかし、そこでまたとげに戻ってしまう。そのことについて彼女はほんとうに不機嫌だった。

「どういうこと、気づかなかったって？」と彼女は訊いた。人を馬鹿にしたように。

「気づかなかったんだ。それだけだよ」

「じゃあ、わたしがあなたの足にピンを刺しても、何も感じないって言うのね？」

「そんなことは言ってない」

彼女はそこでいきなりとげを抜くのに使っていたピンを彼の足首に突き刺したのだ。彼は見ていなかったので、彼女が恐怖にとらわれたような叫び声をあげるまで、そのことに気づかなかった。見下ろすと、ピンは彼女が手を放しても彼のくるぶしの骨のうしろに刺さっていた。半分近く肉に埋まっていた。

「取ってくれ」と彼は言った。「こういうことで体に毒がまわって死ぬこともあるんだぞ」

「ほんとに感じないの?」

「取ってくれよ、なあ?」

「ほんとに痛くないの?」

「ひどい痛みだ。取ってくれ」

「いったいどうしちゃったの?」

「だからひどい痛みだって言ってるだろうが。聞いてなかった?」

どうして人はこんな真似をするんだ?

海辺に行ったときには、木のシャベルをもらって砂浜を掘ったものだ。ぼくが掘った穴はカップみたいにからっぽだった。海が何度も押し寄せてきた。もうそれ以上押し寄せてこなくなるまで。

一年前、医者は言った。「眼を閉じてください。今からあなたの足のこの指を上か下に押します。どちらに押されているか言ってください」

「上」と彼は言った。

「これは?」

「下。いや、上。上だと思います」

神経外科医が人の足の指で遊びたがるとはなんとも奇妙なことだ。

「ちゃんと合ってました、先生?」

「よくできてましたよ」

しかし、それは一年前のことだ。一年前はすこぶる調子がよかった。今起きているようなことは、あの頃はまったく起きていなかった。たとえば、そう、ひとつ取り上げるなら、風呂場の蛇口のようなことは。

どうして今朝はバスルームの水と湯の栓が逆についていたんだろう? こんなのは今までになかったことだ。

しかし、そんなことはちっとも重要ではない。あなたにもわかると思うけれども。それでもなぜなのか。その理由には興味が惹かれる。

あなたはこうは思わないか? 彼女が取り換えたとは。スパナとパイプレンチを持って夜中にこっそりバスルームに忍び込み、蛇口を取り換えたとは?

どう思う? そう——ほんとうに知りたいなら教えてあげよう——答はイエスだ。最近の彼女の振る舞いを見ればわかる。それぐらいいとも簡単にやってのけるだろう。

奇妙で気むずかしい女。それが彼女という女だ。言っておくが、昔はそうではなかった。しかし、今ではとことん奇妙で気むずかしい女になってしまった。そのことに疑念の余地はない。夜はことさら。

そう、夜は。それこそ最悪の時間だ――夜というのは。

夜、ベッドの中から右手を伸ばしているのに、どうして指に触れているものが感じられないのだろう？　電気スタンドを倒してしまったのはそのせいだ。暗闇の中、床に転がった電気スタンドを手探りで探していると、いきなり起き上がった彼女が言った。

「何してるの？」

「電気スタンドを倒してしまったんだ。ごめん」

「もう、まったく」と彼女は言った。「昨日は水のはいったグラス。いったい、あなた、どうしちゃったの？」

一度、医者に鳥の羽根で手の甲を撫でられたことがあったが、そのときも何も感じられなかった。もっとも、医者にピンで引っかかれたときには感じたが。

「眼を閉じてください。駄目です――見てはいけません。しっかり閉じていてください。では言ってください、熱いか冷たいか」

「熱いです」

「これは？」

「冷たいです」

「では、これは？」

「冷たいです。いや、つまり熱いです。そう、熱い。でしょ？」

「そのとおり」と医者は言った。「よくできました」

しかし、それは一年前のことだ。

つい最近のこととなると、暗闇の中、手探りで壁のスウィッチを探しても、どうしてよく覚えている場所からいつも数インチずれた場所にあるんだろう？

そんなことは考えるな、と彼は自分に言い聞かせた。考えないにかぎる。

それでもついでに言えば、居間の壁はどうして毎日微妙にちがった色合いを帯びるんだろう？

緑や青緑や青。そしてときには――ときには火鉢から立つかげろう越しに見ているかのように、色がゆっくりと宙を泳いでいることがある。

ひとつずつ順番に、整然と、機械から出てくるインデックスカードのように、小さな疑問が飛び出してくる。

夕食のとき、一瞬窓に映った顔は誰の顔だったんだろう？　誰の眼だったんだろう？

「何を見てるの？」

「何も」と彼は答えた。「でも、カーテンは閉めたほうがいいんじゃないかな。そうは思わないか？」

「ロバート、何を見てたの？」

「何も」

「どうしてあんなふうにじっと窓を見てたの？」

「カーテンは閉めたほうがいいんじゃないかな。そうは思わないか？」

彼は馬がたてる音が聞こえた野原のそばを通り過ぎた。今もまた聞こえた。馬の息づかい。柔らかな蹄の音。人がセロリをかじっているような草を食いちぎる音。「そこにいる老いぼれ馬よ、元気か」と彼は闇に向かって大きな声で呼ばわった。「老いぼれ馬さんよ」

いきなりうしろから足音が聞こえた。すぐうしろから。ゆったりと大股で歩く足音だ。彼は立ち止まった。足音も止まった。彼は振り返ると、闇の中を探して言った。

「こんばんは。また来たのかい？」

続く静寂の中、生け垣の葉を風が揺さぶる音がした。

「あんたもこっちに向かってるの？」

そう言って、まえに向き直ると、また歩きはじめた。今もまだ犬に引っぱられていた。足音がまた彼を追ってきた。が、今度はさっきより静かだった。爪先立ちして歩いているかのようだ。

彼はまた足を止めて振り返ると言った。

「ぼくにはあんたが見えない。暗すぎる。ぼくの知ってる人？」

ふたたび静寂。涼しい夏の風が彼の頬を撫で、家に帰ろうと犬が引き綱を引っぱった。

「わかった」と彼は呼びかけて言った。「答えたくないなら、それでかまわない。でも、覚えておいてくれ。あんたがそこにいることはちゃんとわかってるんだから」

誰かが小賢しい真似をしようとしていることはちゃんと。

闇の向こう、西のはるか上空からかすかに飛行機の音が聞こえた。彼はまた立ち止まると、顔を上げて耳をすました。

「何マイルも離れてる。この近くには来ない」

それにしても飛行機が家の上空を通り過ぎると、自分の中のすべてが停止してしまうのはどういうわけなんだろう？　しゃべっていても何をしていても。坐っていても立っていても麻痺したようになって、ひゅうという爆弾の甲高い音を待ちかまえてしまうのはどういうわけなんだろう？　今夜、夕食のあとにもそれは起きた。

「どうしてあんなふうに身を屈めたの？」と彼女は訊いた。

「身を屈めた？」

「どうしてなの？　なんのために身を屈めるの？」

「身を屈める？」と彼は繰り返した。「何を言われてるのかさっぱりわからない」

「でしょうね」と彼女は言った。彼をまじまじと見ながら。あのブルーと白の厳しい眼で。人を軽蔑しているときの常として瞼が少し下がっていた。それでも、彼には彼女のそんな下がった瞼が美しかった。半分閉じた眼と下がった瞼。軽蔑の度合いが最大に達すると、彼女の眼はほとんど閉じられる。

昨日の早朝のことだ。ベッドに横になっていると、遠くの谷間から砲声が鳴り響きはじめた。彼は左手を伸ばし、ささやかな慰めを求めて彼女の体に触れた。

「何してるの？」

「何もしてないよ」

「眼が覚めたじゃない」

「ごめん」

砲声が聞こえてくる朝はそばに寄らせてくれるだけで助かるのに。

もうすぐ家だ。小径が最後に曲がっているところまで来ると、居間のカーテンの隙間から、明かりがピンクに輝いているのが見えた。彼は足早に門をめざした。門を抜けて、私道を歩き、玄関に向かった。なおも犬に引っぱられながら。

ポーチに立ち、真っ暗な中、手探りでドアノブを探した。

出かけるときには右側にあった。三十分前にドアを閉めて外出するときには右側にあったことは、はっきりと覚えていた。

彼女がそれも逆にしたということは考えられないだろうか。ただ彼をまごつかせるために。犬の散歩に出ているあいだに、彼女が工具箱を持ってきて急いでノブを反対側に取りつけたとは考えられないだろうか。

彼は手を左に伸ばした——指がノブに触れるなり、小さくとも凶暴な何かが頭の中で爆発した。と同時に、激しい怒り、凶暴な感情、さらに恐怖に呑み込まれた。ドアを開けて中にはいると、すぐにうしろ手に閉め、声を張り上げた。「エドナ、いるのか？」

返事はなかった。もう一度叫ぶと、今度は聞こえたようだった。

「今度はなんなの？　眼が覚めちゃったでしょうが」

「ちょっと階下《した》に降りてきてくれ。話がある」

「もういい加減にしてよ」と彼女は言った。「怒鳴ったりしないで上がってきて」

「こっちに来るんだ！」と彼はわめいた。「すぐにここに来るんだ！」

「絶対に行くもんですか。あなたがこっちに来なさい」

彼は息をひとつつくと、上を向いて真っ暗な二階に上がる階段を見上げた。階段の手すりが左に曲がり、さらに上に続き、そこから二階に向けて見えなくなっているところまで見えた。階段を上がりきったら、そのまままっすぐ進めば寝室に行き着く。そこも暗いはずだ。

「エドナ！」と彼は呼ばわった。「エドナ！」

「いい加減にして！」

彼はゆっくりと階段をのぼりはじめた。音をたてずに踏み板を踏み、手すりに導かれ、途中で左に曲がった。上の闇に向けて。一番上の段まで来たところで、実際にはない踏み板を上がろうとして空足《からあし》を踏んだ。それでも、それは予期していたことで、音をたてることはなかった。しばらく佇んで、耳をすました。はっきりとはしなかったが、遠く離れた谷間からまた砲声が聞こえたような気がした。大部分は重砲だが、七十五ミリ砲と二、三門の迫撃砲の音も重なって聞こえていた。

廊下を進んで開け放たれたままのドアから寝室にはいり――家の造りは熟知しているから暗くても問題はなかった――毛足が長くてふかふかしている、淡いグレーのカーペットを歩いた。もっとも、彼にはその絨毯を足に感じることも、見ることもできなかったが。

部屋の真ん中まで来ると足を止め、物音に耳を傾けた。彼女はすでに眠りに戻り、むしろ大きな寝息を立てていた。息を吐くたびに歯の隙間から空気が洩れ、すごくかすかな口笛を吹いているかのようだった。開けっ放しの窓にカーテンがやさしくはためき、ベッドサイドに置かれた目覚まし時計がチクタクと時を刻んでいた。

そのときには眼も暗さに慣れてきて、ベッドの端がどこにあるのかどうにかわかった。マットレスの下にたくしこまれた白い毛布、その毛布の下の脚のふくらみもわかった。そこで部屋にはいった彼の気配に気づいたかのように、彼女が体を動かした。寝返りを一度、さらにもう一度打つ音が聞こえた。寝息が止まった。体を動かす小さな音が続き、やがて暗がりの中、悲鳴かと思うほど大きな音をたててベッドのスプリングが軋んだ。

「あなたなの、ロバート？」

彼は身じろぎもせず、声もあげなかった。

「ロバート、そこにいるの？」

彼には奇妙で、むしろ不快な声だった。

「ロバート！」彼女は今ではもうすっかり眼を覚ましていた。「どこにいるの？」まえにこの声を聞いたのはどこでだっただろう？　甲高く、耳ざわりな声質。まるでふたつの独立した高い音が激しくぶつかり合って不協和音を奏でているかのようだ。それにロバートの〝R〟が発音できていない。その昔、彼のことを〝ヴォバート〟と呼んでいたのは誰だったたか。

「ウォバート」と彼女は繰り返した。「何をしてるの？」

病院の看護婦だったか。背が高くてブロンドの？　ちがう。あれよりずっとまえの話だ。こんなにひどい声なのだから覚えていてもいいはずだ。もうちょっと時間をかければ名前も出てくるだろう。

ベッドサイドの明かりをつける音が聞こえ、明るくなった中、ピンクのネグリジェのようなものを着てベッドで半身を起こしている女が見えた。眼を大きく見開いて、驚いたような顔をしていた。頬と顎がコールドクリームでてらてらと光っている。

「そんなものは下に置いたほうがいいわ」と女は言った。「怪我をするまえに」

「エドナはどこだ？」彼は女をまじまじと見つめた。

女はベッドで半分体を起こしたまま、男を注意深く見つめ返した。男はベッドの裾に立っていた。恰幅のいい長身を焦げ茶色のウールの厚手のスーツに包み、両足の踵をくっつけて直立不動、ほとんど気をつけに近い姿勢で立っていた。

「さあ」と女は命じた。「それを下に置いて」

「エドナはどこだ？」

「いったいどうしたのよ、ウォバート？」

「どうもしない。妻はどこだと訊いているだけだよ」

女は少しずつ体を起こし、背すじを伸ばして坐り直すと、両脚をベッドのへりのほうにすべらせた。そして、「あのね」とようやく言った。声音が変わり、ブルーと白の厳しい眼が秘密めいてずる賢そうな眼つきになった。「どうしても知りたいって言うなら教えてあげる。エドナは出ていったわ。ついさっき出ていったの、あなたが出かけているあいだに」

「どこへ行った?」

「何も言ってなかった」

「それで、きみは誰なんだ?」

「彼女のただの友達」

「怒鳴らないでくれ」と彼は言った。「何をそんなに興奮してるんだ?」

「わたしはエドナじゃないってことをわかってほしいだけよ」

彼は言われたことをいっとき考えてから言った。「どうしてぼくの名前を知ってる?」

「エドナが教えてくれた」

彼はまた黙り込むと、女をじろじろと見つめた。まだ少し当惑しているようだったが、さきほどよりはずっと落ち着いていた。眼つきもおだやかになり、女を見つめることをいくらか愉しんでさえいるようだった。

「ぼくはきみよりエドナのほうが好きだな」

沈黙ができた。が、ふたりとも動かなかった。女はとても緊張していた。両腕を体の脇にぴたりとつけ、肘をかすかに曲げ、両の手のひらをマットレスに押しつけたまま、背すじをぴんと伸ばして坐っていた。

「エドナを愛してるんだよ。エドナはきみに言ったことがあるかな、ぼくに愛されてるって？」

女は答えなかった。

「あいつは嫌な女だよ。でも、奇妙なものでね。それでも彼女を愛してるんだ」

女は男の顔を見ていなかった。ただ男の右手を凝視していた。

「恐ろしくて残酷で嫌な女だよ、エドナは」

さらに長い沈黙。男は身じろぎもせずに直立していた。女も身じろぎもせずベッドに坐っていた。いきなり静かになったせいで、水の流れる音が開け放たれた窓から聞こえてきた。水車用導水路の水が堰《せき》からあふれ、隣りの農場の谷に流れ込んでいるのだった。

やがて男はおだやかな口調でゆっくりと、感情をいっさい表わすことなく、また話しはじめた。

「実を言うと、彼女はもうぼくのことを好きでさえないと思う」

女はベッドの端へ移動して言った。「そのナイフを下に置いてちょうだい。怪我をするまえに」

「怒鳴らないでくれよ、頼むから。もっとやさしく話せない？」男はいきなり身を屈めると、女の顔をまじまじと見つめ、そのあと眉をひそめた。「おかしなこともあるものだ。とても不思議だ」

そう言って、一歩前に足を踏み出した。膝がベッドに触れた。

「きみはちょっとエドナに似てる」

「エドナは出ていったのよ。そう言ったでしょ」

男は女を見つめつづけた。女は手のひらをマットレスに深く押しつけ、ただひたすらじっとしていた。

「ううん」と彼は言った。「どうだろう」

「言ったでしょ、エドナは出ていったの。わたしは彼女の友達。名前はメアリー」

「妻には」と男は言った。「左の耳のうしろに、おかしな形をした小さな茶色い痣《あざ》があるんだけど、きみにはそんなものはない、よね？」

「ええ、ないわ」

「向こうを向いて見せてくれ」

「ないって言ったでしょ」

「それでもさ。自分で確かめたいんだ」

男はゆっくりとベッドのへりをまわって言った。「そこにいるんだ。頼むから動かないでくれ」そう言ってゆっくりと近づいた。その間、女から片時も眼を離さず、口の端には笑みを浮かべていた。

女は手の届くところまで男が近づくのを待って、右手ですばやく、男の顔を思いきり平手打ちした。あまりのすばやさに男にはその手が見えず、ベッドに坐り込むと、さめざめと泣きはじめた。女はそんな男の手からナイフを取り上げるや、部屋を飛び出し、階段を駆け降り、玄関ホールまで走った。電話のあるホールまで一気に走った。

わが愛しき妻、可愛い人よ
My Lady Love, My Dove

昼食のあとに昼寝をするのが私の長年の習慣だ。居間にある椅子に腰をおろしてクッションに頭をあずけ、小さな四角い革張りの足置きに両足をのせて本を読んでいるうちに眠りに落ちる。

この金曜日の午後、私は本――昔からの愛読書、ダブルデイとウェストウッドの共著『昼行性鱗翅目《りんしもく》の分類』――を手に椅子に坐り、いつものように心地よい気分を味わっていた。妻――決して黙っていることのできないレイディ――が向かいのソファから訊いてきた。「あのふたり、何時に来るのかしら？」

私が返事をしないでいると、妻は質問を繰り返した。今度はさきほどより大きな声で。

知らない、と私は儀礼的に答えた。

「わたし、あの人たちのことはあまり好きじゃないわ。特に男の人のほう」

「なるほど。わかった」

「アーサー。わたし、あの人たちのことは好きじゃないって言ってるんだけど」

私は本を置いて妻を見た。妻はソファに足を上げて寝そべり、ファッション雑誌のページをめくっていた。「でも、まだ一度しか会ったことがないじゃないか」と私は言った。

「まったくもって不愉快な男よ。ジョークだか小話だかなんだか知らないけど、黙ってるということがないんだから」

「きみならきっとうまくあしらえるさ」

「女のほうも相当不愉快だわ。ねえ、何時頃来ると思う？」

六時頃というのが私の見当だった。

「ちょっと、アーサー。あなたはあの人たちのことを不愉快だとは思わないの？」と妻は私に指を向けて言った。

「まあ……」

「とんでもなく不愉快な人たちよ、ほんとうに」

「だからと言って、いまさら予定を変更するわけにいかないよ、パメラ」

「とても我慢できない人たちよ」

「そんなに言うなら、どうして招待したんだ？」自制心が働くまえについ質問が口を突いて出てしまった。私はすぐに後悔した。できるかぎり妻を刺激しないこと。それが私の金科玉条なのに。沈黙が流れた。私は妻の顔を見つめて返事を待った。彼女の大きくて白い顔は私には奇妙かつ魅惑的で、ほとんど眼をそらすことができなくなることがある。夜など時折——刺繍をしているときや手の込んだ細かい花の絵を描いているときに——その顔が引き締まり、繊細な内なる力にかすかに光ることがある。それがことばでは言い表わせないほど美しく、そんなとき私は読書をしているふりをして妻の顔をひたすら眺めてしまう。今、このときもまた、眉間に皺を寄せ、不機嫌そうに鼻をぎゅっとひん曲げ、とげとげしい表情をした妻には、何か壮麗で、風格と言ってもいい威厳のような何かがあると認めざるをえなかった。そもそも彼女はとても背が高く、私よりはるかに高かった。もっとも、現在五十一歳の妻を人は〝背が高い〟というより〝大女〟と形容するかもしれないが。

「わたしがどうしてあの人たちを招待したか、理由はあなたもよくわかってるでしょうが」と妻はぴしゃりと言った。「ブリッジをするためよ。それだけ。あの人たちは一流のプレイヤーよ。それなりのお金を賭けるブリッジのね」彼女は視線を上げ、私がじっと見つめているのに気づくと続けた。「そう、あなたもわたしと同じように思ってるんじゃないの？」

「いや、私はそんなふうには……」

「馬鹿なことを言わないで、アーサー」

「会ったのは一度だけだけれど、私にはとても感じのいい人たちに思えたがね」

「そんなことを言ったら、殺人鬼だってそうよ」

「パメラ、頼むから……そんなことを言うもんじゃない」

「いい？」妻はそう言って雑誌を膝にぴしゃりと叩きつけた。「あのふたりがどういう人たちか、あなたもわたしとおなじくらいよく見たでしょうが。愚かな成り上がり者。ちょっとブリッジがうまいからといって、それだけでどこへでも出入りできると思ってるのよ」

「きみの言うことにも一理はあるけれど、私が正直わからないのは、それならどうして――」

「だからさっきから言ってるじゃないの――たまにはまともなブリッジの勝負がしたいからよ。へたくそ相手にやるのはもううんざり。それでも、納得がいかないのよ。どうしてあんな不愉快な人たちを家に上げなきゃいけないの？」

「確かにそれはそのとおりだ。でも、今さらそういうことを言ってももう手遅れなんじゃ――」

「アーサー？」

「なんだい？」

「まったく。あなたはどうしてそういつもいつもわたしの言うことにいちいち文句をつけるの？　自分だってわたしと同じくらいあの人たちのことが嫌いだってわかってるくせに」

「きみがそんなに気を揉まなきゃならないことじゃないよ、パメラ。つまるところ、彼らはとても感じのいい礼儀正しい若夫婦じゃないか」

「アーサー、もっともらしいことを言わないで」妻は灰色の眼を大きく見開いて私を睨んでいた。私は妻の眼から逃れるために――あの眼に見られると、ひどく落ち着かない気持ちにさせられることがある――椅子から立ち上がると、庭に出られるフランス戸のほうへ歩いた。

　家の正面からなだらかな下り斜面になって広がる広大な芝生は、淡いグリーンと深緑の縞模様に刈られたばかりだった。その向こうにある二本のキバナフジの木がようやく満開を迎えていて、鎖のように連なった黄金色の花が色濃い木々を背に鮮やかな色を放っている。バラや深紅のベゴニアも咲いていた。それに多年生植物を植えた花壇には、私の美しい異種間交配種のルピナス、オダマキ、ヒエンソウ、ビジョナデシコ、それに淡い紫の大きくて香り豊かなアイリスも。庭師のひとりが昼食から戻ってきたところで、ドライヴウェイを歩いていた。木々の合間から庭師の小屋の屋根、さらにその片側の奥には、カンタベリー・ロードに出る鉄門まで続くドライヴウェイも見えた。

妻の邸宅。妻の庭。どれもこれもなんと美しいことか！　なんと平穏なことか！　これで妻が私の身を案じることをいくらかでもやめてくれれば——私が愉しいと思うことより私のためになることをするよう言いくるめようとしないでいてくれれば——まさに天国なのだが。いや、どうか誤解しないでほしい。妻を愛していないような印象を与えるのは私の本意ではない——私は妻が息する空気さえ崇拝している——妻のことが手に負えないわけでもなければ、自分の人生の舵取りができていないわけでもない。私が言いたいのは、ときにほんの少しだけ妻のやり方が癇に障ることがあるという、ただそれだけのことだ。たとえば、妻にはちょっとした癖がいくつかあるのだが、それらすべてをやめてくれればと思う。言いたいことを強調するために私に指を向ける癖は特に。どうか思い出してほしい。私はどちらかというと小づくりの男であり、妻のような大柄な相手にそうした仕種を嫌というほどされると、どうしても委縮してしまう。妻は高圧的な女ではない、と自分に言い聞かせるのがむずかしくなることがあるということだ。

「アーサー！」妻の声が轟いた。「こっちへ来てちょうだい」

「なんだい？」

「最高にすばらしいことを思いついたの。こっちへ来て」

私は妻のほうを振り向き、ソファに横になっている彼女のところまで行った。

「ねえ、愉しいことをしたくない？」

「愉しいことってどんな？」

「スネイプ夫妻を相手に」

「スネイプ夫妻って？」

「あらあら、しっかりしてよ。ヘンリーとサリーのスネイプ夫妻。この週末、つまり今日わが家にご招待したお客さま」

「それで？」

「いい？　よく聞いて。わたしは今ここに横になって、あのふたりときたらなんて不愉快なのかしらって考えてた。あの人たちの立ち居振る舞いときたら……男のほうはのべつ幕なしジョークばかり言ってるし、女のほうはさかりのついたスズメみたいだし……」妻はそこでことばを切った。口元には意味ありげな笑みが浮かんでおり、なぜとはなしに私は彼女が何かとんでもないことを言いだすのではないかという予感がした。

「ねえ、わたしたちのまえでのあのふたりの振る舞いがああいうことなら、ふたりきりのときはいったいどうなのかしらね」

「ちょっと待った、パメラ――」

「ヌケ作みたいなこと言わないで、アーサー。愉しいことをしましょうよ。たまにはほんとうに愉しいことを。今夜」妻は無謀さのようなものにいきなり顔を輝かせ、すでにソファから半分身を起こし、口をかすかに開いて、私をじっと見つめていた。丸い灰色の両眼の中では火花がスローなダンスを踊っていた。

「愉しんで何がいけないの？」

「何をするつもりだ？」

「あらあら、そんなの決まってるわ。わからない？」

「ああ、わからないね」

「あの人たちの部屋にマイクを仕掛けるのよ。それだけのことよ」相当ひどい企みを聞かされるのだろうと覚悟はしていた。それは認めよう。しかし、妻のことばを聞いて、私は驚きのあまりなんと答えていいのかもわからなかった。

「もう決めたから」

「駄目だ！」私は大声をあげた。「いいから待ちなさい。そんなことをしちゃいけない」

「どうして？」

「そんな性質《たち》の悪いいたずらは聞いたことがない。まるで――まるで鍵穴に耳をあてて盗み聞きをしたり、他人様《ひとさま》の手紙を勝手に読んだりするようなものじゃないか。それよりもっとずっと悪質だ。本気で言ってるわけじゃないよね？」

「もちろん本気よ」

自分の言ったことに反対されるのが妻はどれほど嫌いか。それはわかっている。それでも、私にだってときには思っていることをはっきりと言わなければならないと思うことがある。たとえそれが相当のリスクをともなおうと。「パメラ」私は強い説教口調で言った。「そんなことは私が許さない！」

妻はソファにのせていた足を床におろすと、背すじを伸ばして言った。「アーサー、あなたはいったいどういう人間のふりをしたいの？　わたしにはちっともわからない」

「わかりきったことじゃないか」

「ばかばかしい！　あなたはこれよりもっとひどいことをいっぱいしてきた。それぐらいわたしも知ってるのよ」

「そんなことはしてないよ！」

「いいえ、わたしはちゃんと知ってるの。自分のほうがわたしよりもずっといい人間だなんて、あなた、どうしてそんなことを急に思うわけ？」

「私はきみの言うようなことは一度もしてない」

「あらあら、そうなの。じゃあ、訊くけど」ピストルのように指を私に向けながら妻は言った。「去年のクリスマス、ミルフォード家でのことはどうなの？　覚えてる？　首がちぎれそうなほどあなたが大笑いするんで、その声を聞かれないようわたしがあなたの口を手でふさがなきゃならなかったときのことよ。まず手始めにそれはどう？」

「それとこれとは話が別だ」と私は言った。「あのときは自分の家でもなければ、彼らは私たちのゲストでもなかった」

「別の話なんかじゃ全然ないわ」妻は背すじをすっと伸ばして坐っていた。あのまん丸い灰色の眼が私を見つめていた。あの独特のやり方で蔑むように顎が上を向きはじめていた。「偽善者ぶるのはよして。あなた、いったいどうしたっていうの？」

「どうにも性質が悪いと思うだけだ、パメラ。ほんとうに」

「あのね、アーサー、わたしって性質の悪い人間なの。あなたもそうよ――あなた自身はそれを隠してるみたいだけれど。だから、わたしたち、うまくいってるんじゃないの」

「そんなばかげた話は聞いたことがない」

「念のために言っておくわね。あなたが急に自分の性格をまるっきり変えようと思ったのなら話は別よ」

「そういうものの言い方はよしなさい、パメラ」

「ねえ、あなたが本気で改心するつもりなら、わたしはいったいどうしたらいいの？」

「きみは自分が何を言ってるのかわかってないんだ」

「アーサー、だったら、どうしてあなたみたいないい人がわたしみたいな性質の悪い人間と一緒になりたがったの？」

　私は妻の向かいの椅子にゆっくりと腰をおろした。妻は私から決して眼を離さない。言ったと思うが、妻は大柄な女だ。大きな白い顔の持ち主で、こんなふうに彼女にまじまじと見つめられると、私は——どう言ったらいいだろう——彼女に囲まれているようなな、覆い尽くされていると言ってもいいような感覚に陥ってしまう。彼女がまるで巨大な桶《おけ》いっぱいのクリームで、その中に落ちてしまったかのような。

「マイクを仕掛けるだなんて、もちろん本気じゃないよね？」

「もちろん本気よ。わたしたちもいい加減このあたりで愉しいことをしてもいい頃よ。

いいじゃないの、アーサー。堅いこと言わないで」

「こんなことはまちがってるよ、パメラ」

「全然まちがってなんかいないわ」——また指が上がった——「あなたがメアリー・プロバートのバッグから彼女の手紙を見つけて最初から最後まですっかり読んだのと同じくらい正しいことよ」

「私たちはあんなことをすべきじゃなかった」

「〝私たち〟ですって！」

「きみだってあとから読んだじゃないか」

「別に誰かに迷惑をかけたわけじゃないでしょうが。あなただってあのときそう言ったじゃないの。それに比べたら、わたしが言ってることなんか数にもはいらないわよ」

「きみ自身、同じことをされたらどう思う？」

「何をされてるのかわからなければ、どう思うもこう思うもないでしょうが。いいからやって、アーサー。いつまでもそこに坐ってないで」

「ちょっと考えさせてくれ」

「ひょっとして、腕利きの無線技術者さんはマイクとスピーカーのつなぎ方をご存知ないのかしら？」

「そんなのはいたって簡単なことだ」

「じゃあ、やってちょうだい。ほら、早く」

「考えたら、あとで言うよ」

「そんな悠長なこと言ってる場合じゃないの。今すぐにもあの人たちがやってくるかもしれないんだから」

「それなら、私はやらない。手を血で染めてるところを捕まるつもりはないから」

「あなたの作業が終わるまえに彼らが来ちゃったら、そういうことになるかもしれないけど、大丈夫よ。ふたりが階上《うえ》に上がらないよう、わたしがここで引き止めるから。心配ないわ。だいたい今何時なの？」

　そろそろ三時になろうとしていた。

「ロンドンから車で来ると言ってたわね。お昼を食べずに向こうを発つことはまずないでしょうから、時間はまだたっぷりあるわ」

「どの部屋に泊めるんだね？」

「廊下の突き当たりの黄色い大部屋。あそこならそんなに離れてないでしょ？」

「まあ、できなくはないが」

「そう言えば、スピーカーはどこへ置くの？」

「まだやるとは言ってないよ」

「あらあらあら！」と妻は声を張り上げた。「今のあなたを止められる人がいるならお目にかかりたいものね。自分の顔を見てごらんなさいな。期待しちゃって、興奮しちゃってもう真っ赤になってる。スピーカーはわたしたちの寝室に置けばいいじゃないの。さあ、取り付けてきてちょうだい——急いで」

私はためらってみせた。妻が気持ちよく頼みごとをするのではなく指図しようとするときには必ずそうするように決めているのだ。「私はどうかと思うがね、パメラ」そう言っても妻は何も言わなかった。身動きひとつせず、ただじっと坐って私を見つめていた。その顔には、長い列に並んでいるときのような、あきらめきったような、待ちくたびれたような表情が浮かんでいた。それが危険信号であることは私もこれまでの経験から学んでいた。こうなると、妻は安全ピンを引き抜かれた時限爆弾も同然で、どかんと爆発するのは時間の問題だった。流れる沈黙の中、爆弾の時限装置がカチカチと音をたてているのが聞こえてくるようだった。

私は黙って腰を上げ、作業部屋へマイクと百五十フィートのリード線を取りにいった。正直なところ、妻から離れると、恥ずかしながら少しわくわくしてきた。ほんのわずかにしろ、指先の皮膚の下から温かい針でチクチクと突かれているような感覚があった。

いや、言っておくが、別に大したことではない。ほんとうになんでもないことだ。いや、ほんとうに。これと同じ感覚は、妻がけっこうたくさん持っている二、三の株の終値を確認するために、毎朝、新聞を開くときにも味わっている。だから、このようなくだらないいたずらにわれわれを忘れるなどありえない。とはいえ、わくわくしている自分を抑えられないでいるのも事実だったが。

階段を一度に二段ずつのぼると、廊下の突き当たりの黄色い部屋にはいった。ふたつのベッドには黄色いサテンのベッドカヴァー、壁は淡い黄色で、カーテンは黄金色。ゲストルーム特有の生活感のなさと清潔感が漂っていた。さっそくマイクを隠すのに手頃な場所はないかと探しはじめた。隠し場所がなにより肝心だ。どういうことが起ころうと、決して見つかってはいけない。私はまず暖炉のそばに置いてある薪入れの籠はどうかと思った。薪の下に隠してはどうか。駄目だ——そこは充分安全とは言えない。スチームヒーターのうしろはどうだろう？　衣装簞笥の上は？　机の下は？　どれもプロの隠し場所とは思えなかった。襟留めが落ちたりして、そんなことで偶然発見されてしまうかもしれない。それでも最後にはかなり抜け目ない場所——ソファのスプリングの中に隠すことに決めた。ソファは壁ぎわに置かれており、カーペットの端に近いから、リード線を簡単にカーペットの下に隠し、そのままドアのほうまで引くことができる。

ソファを傾けて、ソファの底の裏地を切った。それから、マイクが部屋の中央を向いていることを確認してからスプリングの中にしっかりと結んで固定した。それがすむと、リード線をカーペットの下に隠してドアのほうへ引っぱった。すべての作業を冷静かつ慎重におこなった。カーペットの端からドアまでのあいだはリード線が丸見えになってしまうので、床に小さな溝を掘ってほとんどめだたないようにした。

これらをすべてやったので、当然のことながら時間がかかり、外からドライヴウェイの砂利を踏みしめるタイヤの音に続いて、車のドアの開け閉めの音と客たちの声がいきなり聞こえてきたときには、まだ廊下を半分進んだあたりの幅木にリード線を留めている最中だった。私は手を止めると、ハンマーを持ったまま立ち上がった。正直に言わねばなるまい。恐ろしかったのだ。その音を聞いて私がどれほど肝をつぶしたか、きっとおわかりいただけないと思う。恐怖に胃が急に縮こまってしまうようなこの感覚。戦時中のある日の午後、書斎で蝶の標本をいじっていると、村の反対側に爆弾が落とされたことがある。そのとき以来たえて経験したことのない感覚だ。

心配は要らない。私は自分に言い聞かせた。客のことはパメラに任せておけばいい。ふたりを二階にあげるようなことはしないだろう。

かなり躍起になって、私は残りの仕事に取りかかった。リード線を廊下に沿って這わせ、自分たちの寝室まで引き込む作業はすぐに終わった。ここまでくれば、隠すことにそれほど神経をとがらせることもないが、召使いたちの眼もあるので、まだ油断するわけにはいかず、リード線はカーペットの下を這わせて、眼につかないようラジオのうしろ側に出すことにした。リード線をラジオにつなぐ最後の仕上げは技術的にはごく基本的な作業で、手間取ることはまったくなかった。

さて――これでよし。うしろにさがって、その小型ラジオをちらりと見た。こうしてみると、なんだか別のものに見えてくる。それはもはや、騒々しい音を撒き散らすくだらない箱ではなくなっていた。まるで、テーブルの上にうずくまったまま、体の一部を長々と伸ばして遠く離れた立入禁止領域にこっそり差し入れている、邪悪で小さな生きもののように見えた。スウィッチを入れてみた。ブーンというかすかな音がしたが、それ以外何も聞こえなかった。チクタクと大きな音をたてているベッドサイドの時計を手に取って黄色い部屋まで持っていき、ソファ近くの床の上に置いてまた寝室に戻ると、ラジオの形をしたその生きものから確かにチクタクという音が聞こえてきた。寝室に時計があったときと同じぐらいはっきりと、いや、それ以上に大きく。

時計を回収し、バスルームで身支度を整え、道具を作業部屋に戻した。さらに客と会う準備を整えた。まずは心を落ち着かせる必要があった。それに、悪事に手を血で染め、言うなれば、その血がまだ乾かないうちに客のまえに出ることもなかろうと思い、五分ほど書斎で自分のコレクションと過ごした。愛しのヒメアカタテハチョウ――別名〝色彩をまとった貴婦人〟――の標本に意識を集中させ、『翅の配色の相関性』というタイトルで書きかけている原稿のためにいくつか覚え書きをした。その原稿はカンタベリーの蝶学会の次の集まりで発表するつもりだった。そうこうするうち、すぐにおだやかで落ち着いた普段どおりの自分を取り戻すことができた。

居間にはいると、例のふたり――彼らの名前がどうしても覚えられない――はソファに坐り、妻は飲みものをつくっているところだった。

「あらあら、やっと来たのね、アーサー」と妻は言った。「どこにいたの？」とふたりの客とまたよけいなことを、と私は内心思いながら、「申しわけなかった」とふたりの客と握手を交わして詫びた。「忙しくしていてつい時間を忘れてしまって」

「いったい何をしていらしたのか、それはもうみんな知ってますけど」と若い女が含み笑いを浮かべて言った。「でも、許してあげます。ねえ、あなた？」

「それはそうすべきだろうね」と夫は言った。

笑い声が起きる中、さっき二階で自分がしていたことを妻がこと細かにふたりに話している光景が頭に浮かび、私はぞっとした。まさか。妻がそんなことをするはずがない！　妻に眼を向けると、本人はジンの分量を加減しながら、一緒になって笑っていた。

「こちらこそすみません、あなたのお邪魔をしちゃって」と若い女は言った。

これがジョークということなら、とりあえず調子を合わせておいたほうが得策と思い、私はともに笑みを浮かべることを自分に強いた。

「でも、わたくしたちにも見せてくださらないと」と若い女は続けて言った。

「見せる？　何を？」

「あなたのコレクションです。それはもう美しいものだって奥さまはおっしゃってますけど」

私はゆっくりと椅子に腰をおろして息をついた。愚かにもこんなにもびくびくしてしまったとはいやはや。「蝶にご興味がおありかな？」と私は若い女に尋ねた。

「是非拝見させてください、ミスター・ビーチャム」

マティーニがいきわたると、全員腰を落ち着け、夕食までの二時間ばかり飲んだりおしゃべりをしたりして過ごした。私がふたりに対して感じのいい夫婦という印象を持ちはじめたのはそのあたりからだ。私の妻は名家の出なので、自分の階級や家柄にどうしてもこだわり、向こうから親しくしてくる相手にはその人物評をそそくさと決めつける癖がある。長身の相手に対しては特に。その見立てがまたよくあたるのだが、今回ばかりは妻の勘ちがいのような気がした。基本的に、私自身も背の高い男が好きではない。傲慢で全知全能みたいなやつが多いからだ。しかし、ヘンリー・スネイプ――妻がこっそり名前を耳打ちしてくれた――にかぎっては、当然のことながら自分の妻のことをなにより気にかけている、わかりやすくて人あたりがよく、礼儀正しい若い夫という印象を受けた。面長、というか、やや馬づら気味だが、容姿端麗で、焦げ茶色の眼はいかにもおだやかでやさしげだった。妬ましいほどふさふさした見事な黒髪をしており、あそこまで健康的な色艶を保つにはいったいどんなヘアローションを使っているのだろう、などと気づくとつい思っていた。確かにジョークはひとつふたつ言ったけれど、それが教養を感じさせるジョークで、およそ反感を持たなければならないようなものではなかった。

「学生時代は」とそんな彼が言った。「スセルヴィックスと呼ばれてたんです。どうしてだかわかりますか？」

「さっぱりわからないわ」と妻。

「セルヴィックスはラテン語で、ネイプ（うなじ）のことだからです」

なかなか高尚で、ぴんとくるまで私には少し時間がかかった。

「学校はどちらでしたの、ミスター・スネイプ？」と妻は尋ねた。

「イートンです」彼がそう答えると、妻は合格とばかりに軽くうなずいた。これなら妻も彼と話ができそうだったので、私は注意をもうひとりに向けた。サリー・スネイプに。彼女は見事なバストの魅力的な女性で、私が十五歳若かったら、もしかしたら厄介なことになっていたかもしれない。実際には、私の美しい蝶たちについて彼女にひとつひとつ説明しただけだったが。それでも私としては充分愉しいひとときが過ごせた。同時に、とくと彼女を観察すると、そのうち彼女に対する印象が変わってきた。最初は明るくて朗らかな女性だと思ったが、実はそうでもなかった。むしろどこかしら張りつめたものが感じられた。なんとしても守らなければならない秘密を抱えているかのような。深いブルーの眼で忙しなく部屋を見まわし、その視線は一瞬もひとところに落ち着くこともとどまることもなかった。さらに、彼女の顔には、あるのかないのかわからないほどうっすらとしたものにしろ、悲しげな顔にできる下向きの細かな皺があちこちに刻まれていた。

「ブリッジをご一緒するのが愉しみです」と私は最後に話題を変えて言った。

「わたくしたちもです」と彼女は答えた。「わたくしたち、毎晩のようにブリッジをしてるんです。それほど好きなんです」

「おふたりとも腕前はプロ並みですからね。どうやったらそこまでうまくなれるんです？」

「とにもかくにも練習ですね」と彼女は言った。「それしかありませんわ。一にも二にも練習あるのみ」

「選手権に出場したことは？」

「まだありません。でも、ヘンリーはどうしても一緒に出たいらしくて。でも、並大抵のことじゃありませんよね、あのレヴェルにまで到達するのは。ほんとうに並大抵の苦労じゃないわ」このあたりが原因なのだろうか？　私は想像をめぐらした。彼女の声音にはどこかしらあきらめが感じられた。そう、たぶん、そういうことなのだろう。夫にあまりにしつこく言われ、それをあまりに深刻に受け止めさせられ、この可哀そうな女性はほとほとうんざりしているのだろう。

八時になり、私たちは着替えをせずにディナーの席についた。食事は和やかな雰囲気で進み、その間、ヘンリー・スネイプは愉快な話をいくつも披露してくれた。しかも彼はなかなかのワイン通で、私のリシュブールの一九三四年物をとても誉めてくれた。私は大いに気をよくした。だからコーヒーを出す頃には、気づくと、この夫婦がすっかり好きになっていた。こうなると、マイクを仕掛けたことがどうしても心に引っかかってくる。相手がろくでもない連中ならかまわないが、こんなにも感じのいい若夫婦を罠にかけるとなると、私としても強い罪悪感を覚えないわけにはいかなかった。いや、どうか誤解なきよう。腰が引けてきたわけではない。わざわざ作戦を中止することはない。ただ、これから起こる出来事をあからさまに期待しているようなそぶりは控えただけのことだ。妻のほうはもう愉しくてしかたがないとばかりに、にやにやしたり、ウィンクしたり、こっそり小さくうなずいたり、何度も合図を送ってきたけれど。

九時半頃には、お腹もいっぱいになり、雰囲気も打ち解け、私たちは広い居間に場所を戻してブリッジを始めた。賭け金は、百ポイントにつき十シリングという高くも低くもないレートにし、夫婦同士は分かれないことに決めて、私はずっと妻と組んだ。四人ともゲーム中は真剣だった。勝負をするからにはあたりまえのことだが。黙り込んだまま、ゲームに熱中し、せり札を宣言《ビッド》するとき以外誰もほとんど口を利かなかった。目的は金ではない。誰もが知っていることだが、妻は金に不自由はしていない。スネイプ夫妻も金に困っているようには見えなかった。それでも、卓越したプレイヤーが集まれば、適度な額を賭けるのがもうほとんどこのゲームの伝統のようなものになっている。

その夜、手札自体は誰につきがあるわけでもなかったが、いつになく妻が不調で、結局、私たち夫婦が負けてしまった。明らかに妻はゲームにあまり集中できていなかった。集中どころか、夜がふけるにつれて、気もそぞろになっていた。あの大きな灰色の眼でちらちらと私のほうを見たり、眉を吊り上げたり、珍奇にも鼻の穴をふくらませてみせたり、思わせぶりに口の端で小さくにやりと笑ったり。ずっとそんな調子だった。

それにひきかえ、相手方は見事なばかりのゲーム運びだった。ビッドのしかたも絶妙で、ひと晩を通して、しくじったのはたった一度きりだった。ミセス・スネイプが夫の手札《ハンド》を大幅に高く見積もって、シックススペードをビッドしたのだ。私はダブルをかけた。結局、相手はスリー・ダウンし、バル（ポイントが加算されるルール）でやっていたので、マイナス八百になった。ほんのちょっとしたミスだった。ただ、サリー・スネイプがそのことでひどく落ち込んだのは今でも覚えている。夫のほうはすぐさまそのことを許し、テーブルの向かい側にいる夫人の手にキスをして、大丈夫だからと慰めたのだが。

十二時半頃、妻がそろそろ休みたいと言いだした。

「もう一ラウンドやりませんか？」とヘンリー・スネイプが誘った。

「もう駄目、ミスター・スネイプ。今夜はもう疲れました。主人もね。見ればわかるんです。今夜はもう休みましょう」

妻に居間から追い立てられ、四人そろって二階にあがった。朝食には何がいいかとか、メイドを呼ぶにはどうすればいいかといった、実際的なやりとりをしながら階段をのぼった。「お部屋は気に入っていただけると思いますよ」と妻は言った。「真向かいに渓谷が見渡せますの。朝は十時頃まで陽がはいりません」

二階の廊下を歩き、私たちの寝室のまえで立ち止まった。午後のうちに設置しておいたリード線が眼にはいった。幅木の上を這わせて彼らの寝室まで引き込んであるのがわかる。幅木に塗られた色とほぼ同じ色とはいえ、私にはリード線が丸見え同然に見えた。

「ゆっくりお休みになってね」と妻が言った。「いい夢を、ミセス・スネイプ。おやすみなさい、ミスター・スネイプ」私は妻に続いて寝室にはいるとドアを閉めた。

「早く！」と妻は叫んだ。「あれをつけて！」私の妻はいつもこんな調子だ。何かの機会を逃すということをなにより恐れている。狩りに出るときも――私自身は決して行かない――獲物が猟犬に仕留められるところを見逃したくない一心で、わが身も自分の馬の危険も省みず、決して猟犬に遅れを取らないことで有名だった。今回も彼女が聞き逃すわけがない。

小型ラジオがゆっくりと作動したちょうどそのとき、ドアが開いてまた閉まる音が聞こえてきた。

「来たわ、来たわ！」と妻は言った。「今、部屋にはいった」青いドレスを着たまま部屋の真ん中に突っ立ち、胸のまえで両手を握り合わせ、首をまえに突き出すようにして一心にラジオに耳を傾けていた。大きくて白い妻の顔がなんとなく中心に向けてぎゅっと凝縮されたように見えた。まるでワインの皮袋の口をぎゅっと絞ったみたいに。ほぼ同時にラジオからヘンリー・スネイプの声がした。大きくはっきりと。「ほんと、おまえってやつは大馬鹿のチビクソだ」彼はそう言っていた。聞き覚えのないまるで別人の声だった。あまりに粗野で不快なその物言いに私は飛び上がるほど驚いた。「一晩の苦労が水の泡じゃねえか！　八百っていやあ、ふたりで八ポンドも損をしたんだぞ！」

「ちょっと混乱しちゃったのよ」と女が言っていた。「もう二度としない。約束するわ」

「何、これ？」と妻は言った。「どうなってるの？」口をぽかんと開け、眉を高く吊り上げ、慌ててラジオに近づくと、身を乗り出してスピーカーに耳を寄せた。私のほうはむしろ興奮していた。それは言っておかねばなるまい。

「約束する。二度とへまはしないって約束するから」と女はまだ言っていた。

「おれたちゃ危険を冒すわけにゃいかないんだよ」と男はむっつりと言った。「今からまた練習だ」

「ねえ、お願い！　そんなの無理よ」

「いいか」と男は言った。「ここの金満くそ婆からしこたま巻き上げるためにはるばる来たんじゃないのか。なのになんでわざわざそれを台無しにするんだ？」

　今度は妻が飛び上がる番だった。

「今週はこれで二度目だぞ」と男は続けた。

「もうやらないって約束する」

「いいから、坐れ。唱えてやるから答えろ」

「ねえ、お願い、ヘンリー！　五百通りもあるのに全部は無理よ。三時間はかかるわ」

「わかった。それなら指の合図は省こう。その辺はもうちゃんとおまえの頭にはいってるだろうから。絵札《オナーカード》のことを示す基本的なビッドだけにしよう」

「待ってよ、ヘンリー。今やらなきゃ駄目なの？　もうくたくたなのに」

「肝心なのは完璧におまえの頭に叩き込むことだろうが」と男は言った。「わかってると思うがな、来週は毎日ゲームがあるんだから。おれたちゃ食っていかなきゃならないんだぞ」

「あらあらあら、どういうこと？」と妻が囁き声で訊いてきた。「いったいなんなの？」

「しっ！」と私は言った。「いいから聞きなさい！」

「よし」と男の声は言っていた。「じゃあ、最初からやるぞ。用意はいいか？」

「待ってよ、ヘンリー、頼むから！」女はほとんど涙声になっていた。

「なんなんだよ、サリー。しっかりしろよ」

ヘンリー・スネイプはそのあとはそれまでとまったく異なる口調──居間にいたときに聞き慣れた声音──で続けた。「ワン・クラブ」〝ワン〟というところがまるで歌でも歌うようにやけに強調されていた。ことばの最初の部分を長く引っぱっていた。

「クラブのエースとクウィーン」と女はうんざりしたように答えた。「それからスペードのキングとジャック。ハートはなし。ダイヤのエースとジャック」

「それぞれの絵柄は何枚ずつだ？　おれの指の位置をしっかり見ろ」

「そこまではやらないって言ったじゃないの」

「そう──おまえがちゃんと覚えてたらな」

「ええ、覚えてるわ」

しばらくの沈黙があって、また声がした。「ア・クラブ」

「クラブのキングとジャック」と女は手札をそらんじて言った。「それにスペードのエース。ハートのクウィーンとジャック。それからダイヤのエースとクウィーン」

また沈黙ができて、男の声。「ワン・クラブを宣言します」

「クラブのエースとキング……」

「こりゃまいった！」と私は叫んだ。「ビッドの言い方が暗号になってるんだ！　そうやって手札を全部教えてたんだ」

「あらあらあら、アーサー、ありえない！」

「客席に降りていって、客のひとりから適当に持ちものを借りて、ステージにいる目隠しした女の子に当てさせるやつ。あれだよ。質問のしかたから、女の子は品物を正確に言い当てられるのさ。切符だったらどこの駅で買ったかまでわかるという寸法だ」

「そんなのありえない！」

「全然ありえるさ。覚えるのは至難の技だろうけど。まあ、聞いててごらん」

「ワン・ハートで行きます」と男は言っていた。

「ハートのキング、クウィーン、10。スペードのエースとジャック。ダイヤはなし。クラブのクウィーンとジャック……」

「わかっただろ？」と私は言った。「あいつは自分の指の位置で手札《ハンド》の絵柄《スーツ》の枚数まで教えてたんだ」

「あらあらあら、どうやって？」

「そこまでは知らないけど、さっきあいつが言ってたのはきみも聞いただろ？」

「なんてこと、アーサー！　あのふたりはほんとにそんなことをしてるの？」

「残念ながら」私は妻が足早にベッドの脇まで行って、煙草を取ってくるのを眺めた。妻は私に背を向けて煙草に火をつけると、くるりと私のほうを振り返り、煙草の煙を吐いた。煙が細い糸のようになって天井に向かってのぼっていった。何か手を打たなければならないことはわかったが、どうすればいいのかまではわからなかった。情報源を明かさずに相手を問い詰めるわけにはいかない。私は妻が心を決めるのを待った。「ねえ、ねえ、アーサー」と彼女は煙の塊りを吐き出すと、おもむろに口を開いた。「ねえ、これってすごーいアイディアよ。わたしたちにもできると思う？」

「なんだって！」

「もちろん本気で言ってるのよ。どうしていけないの？」

「おいおい！　駄目駄目！　待ってくれよ、パメラ……」しかし、妻はつかつかと部屋を横切り、ただ突っ立っている私のすぐそばまでやってくると、うつむき加減に上から私を見下ろした。鼻をひん曲げ、口元にはあの笑みならざる笑みもどきを浮かべて。大きく見開いた灰色の眼の真ん中が黒く爛々《らんらん》と光っていた。その黒い部分もやがて灰色に変わり、まわりの白眼全体に無数の細かな血管が浮き出てきた。妻にこんなふうに近くからじっと見つめられると、誓って言うが、私はまるで溺れ死にしそうな気分になる。

「やるのよ」と妻は言った。「どうしてやれないの？」

「でも、パメラ……冗談じゃないよ……駄目だ……要するにこれは……」

「あらあら、アーサー、お願いだから、わたしの言うことにそういつもいつもいちいち逆らわないでちょうだい。もう決めたから。さあ、カードを取ってきて。今すぐやるのよ」

プールでひと泳ぎ
Dip in the Pool

　三日目の朝になって海はおだやかになった。船に酔いやすい乗客も——出航以来、船内で姿を見かけることはいっさいなかった人たちも——それぞれのキャビンから出てきて、そろそろとサンデッキに顔を見せるようになった。デッキ係はそんな客たちにデッキチェアを出して、膝掛けで彼らの脚をくるんでいた。客たちはほとんど熱の感じられない青白い一月の太陽に顔を向け、列になって寝そべっていた。

　最初の二日は荒れ気味だったのだが、打って変わってこうしておだやかな天候になると、心地よさがもたらされ、船全体によりくつろいだ雰囲気がかもし出された。そうした天候が十二時間続き、夜になると、誰もみな安心できるようになったのだろう。八時のメイン・ダイニングルームは、熟練した水夫さながらに自信満々で、悦に入って食べたり飲んだりしている人々で埋められた。

しかし、食事がまだ半分も終わらないうちのことだ。乗客はみな坐っている椅子と自分の体とのあいだに微妙なずれを覚えはじめ、大きな船がまた揺れだしたことに気づいた。初めはごくかすかなものだった。ゆっくりとゆるやかに一方に傾き、そのあと反対側にも傾くだけだった。それでも、ただちにダイニングルーム全体の空気に微妙な変化をもたらすには充分だった。何人かが食べているものから顔を起こした。どこかしら躊躇しているかのように、何かを待っているかのように、次の揺れにほとんど耳をすますように。顔には神経質そうな笑みを浮かべ、眼には不安の微光をひそかにきらめかせて。まったく動揺していない者もいれば、これ見よがしにすましている者もいた。そんな後者の中には、気分が悪くなりかけている乗客に、食事や天候に関するジョークを言って意地悪をする者も少なからずいた。が、そのうち船の揺れが一気に激しくなり、最初に揺れを感じてから五、六分後に左右に大きく揺れだすと、乗客はみな椅子の上で身構え、上体を傾けはじめた。車がカーヴを曲がるとき遠心力に逆らって体を斜めにするように。

最後にはかなりひどい揺れになり、船のパーサーと同じテーブルについていたミスター・ウィリアム・ボティボルは、オランデーズ・ソースをかけたヒラメのポシェの皿が手にしたフォークの下ですべっているのに気づいた。みな落ち着きをなくして騒がしくなり、誰もが自分の皿やワイングラスに手を伸ばした。パーサーの右側に坐っていたミセス・レンショーが小さな悲鳴をあげ、パーサーの腕にしがみついた。

「今夜も荒れそうですね」とパーサーはミセス・レンショーを見ながら言った。「それで今も荒れてみせてるんでしょう。夜はもっとひどく荒れることのまえぶれに」

その口ぶりには、ほんのかすかにしろ、本人はそのことを面白がっている節がうかがえた。

給仕係が足早にやってきて、テーブルクロスの上に——皿と皿のあいだに——すべり止めの水を撒いた。それで乗客の動揺もいくらか収まり、大半はその後も食事を続けた。ただ、用心深く立ち上がり、急いでいるそぶりを見せることなく、テーブルのあいだを縫って出口に向かった人も数人いた。ミセス・レンショーもその中にいた。

「おやおや、ミセス・レンショーも行ってしまいましたね」パーサーはそう言って、テーブルに残っておとなしく坐っている人々を称賛するように見まわした。みなそれぞれ悦に入った顔をしており、その顔には独特の誇りがあからさまに表われていた。〝すぐれた水夫〟と見なされることにどんな旅行者も覚えるらしいあの独特の誇りだ。

ミスター・ボティボルは、揺れが始まってからいつになくむっつりとしてなにやら考え込んでいた。が、料理が終わり、コーヒーも出されたところでいきなり立ち上がると、コーヒーカップを持って、パーサーの隣りのミセス・レンショーが坐っていた席まで行った。そして、そこに腰をおろすと、すぐに身を乗り出し、せっぱつまった様子でパーサーの耳元で囁いた。「すみません。ちょっと教えていただきたいのですが、よろしいですか？」

小柄で太り肉《じし》で赤ら顔のパーサーは話を聞こうと耳を寄せて言った。「何かお困りですか、ミスター・ボティボル？」

「知りたいことがあるんです」ミスター・ボティボルの顔は不安げだった。パーサーはそんな彼の顔をじっと見つめた。「私が知りたいのは、船長はもうすでに一日分の運航距離を見積もったのかどうかということです――つまりオークション・プール（競売形式の賭け）の見積もりです。要するに、それはこんなふうに天候が悪くなるまえだったのかどうか」

まわりに聞かれたくない個人的な話を打ち明けられるものと覚悟していたので、パーサーは笑みを浮かべると、椅子の背にもたれ、ふくらんだ腹を楽にさせて言った。「まあ、そうでしょうね――ええ」あえて囁き声にはしなかったものの、相手が囁き声で話しているときには誰でもそうなるように、彼のほうも自然と声を落としていた。

「見積もりを出したのはどれぐらいまえだと思いますか？」

「午後のどこかでしょう。船長はいつも午後にやってますから」

「それはだいたい何時くらいでしょう？」

「さあ、それはわかりません。たぶん四時頃じゃないかとは思いますが」

「では、もうひとつ教えてください。船長はどうやって距離を見積もるんです？　あれやこれやけっこう手間がかかるものなんですか？」

　パーサーはミスター・ボティボルの不安げな顔を見て笑みを浮かべた。この乗客が話をどこに持っていこうとしているのかよくわかったので。「まあ、そうですね。航海長と少しは話し合います。ふたりで天候やほかにもあれこれ検討してから、ふたりで見積もりを出すんです」

　ミスター・ボティボルはうなずき、その答をとくと考えてから言った。「今日こんなに天気が悪くなることは船長にはわかっていたと思いますか？」

「それはお教えできません」とパーサーは自分のまえにいる男の黒くて小さな眼をのぞき込みながら答えた。それぞれの眼の真ん中で興奮の小さな斑点が躍っていた。「いや、ほんとうに教えてさしあげられないんです、ミスター・ボティボル。私にはわからないことですから」

「天気がもっと悪くなれば、低い数字を買ったほうがいいですよね。どう思います？」

ミスター・ボティボルの囁き声は今やさらに熱を帯び、また不安げにもなっていた。

「まあ、そうでしょうね」とパーサーは言った。「船長がこんな大変な夜になることを見越していたとは思えませんからね。見積もりを出した午後はほんとうにおだやかでしたから」

同じテーブルのほかの客たちも今は押し黙り、パーサーをじっと見つめ、ふたりのやりとりに聞き耳を立てていた。人が気持ちを集中させ、小首を傾げ、一心に耳を傾けるときの顔をしていた。競馬場で調教師が勝算について語ることばを聞き洩らすまいとしている人たちに見られる顔だ。薄く口を開き、眉を吊り上げ、頭を突き出して一方に傾げたときの顔――当事者から直接何か聞き取ろうとして、人がとことん全神経を張りつめさせ、半ば催眠術にかかったようにもなって、耳をすますときの顔をしていた。

「では、仮にあなたにも数字のチケットが買えるとしたら、今日はどのあたりを選びます?」とミスター・ボティボルは囁いた。

「まだ範囲が決まってませんからね」とパーサーは辛抱強くつきあって答えた。「夕食後にオークションが始まるまでは発表されないんですから。それにだいたい私はそういったことは得手ではありませんでね。私はただのパーサーなんですから」

ミスター・ボティボルはそこでいきなり立ち上がった。「では、失礼します、みなさん」そう言うと、揺れる床の上を慎重に歩き、ほかのテーブルのあいだを縫って出口に向かった。その途中、船の揺れに対して体を支えるのに二度、椅子の背をつかまなければならなかった。

「サンデッキまでお願いします」とミスター・ボティボルはエレヴェーター係に告げた。

オープンデッキに出ると、顔いっぱいに風が吹きつけてきた。彼はよろめき、手すりをつかみ、両手でしっかりと握った。その場に立って、暗くなっていく海を見渡した。大きな波が高くうねっていた。白波がふさふさした馬の尻尾のようなしぶきをうしろに立てながら、風に逆らって走っていた。

「外はもうひどい状態になっていませんでした？」降りる途中、エレヴェーター係が言った。

ミスター・ボティボルは小さな赤い櫛で髪を撫でつけながら訊き返した。「きみは天気のせいで船は速度を落としたと思いますか？」

「ええ、それはまちがいないですよ。実際、天気がこうなってからかなり速度を落としてます。こんな天気のときに速度を落とさなければ、船じゅうのお客さんがみんな転んでしまいます」

ラウンジまで降りていくと、人々はすでにオークション・プールのために集まっており、さまざまなテーブルのまわりで礼儀正しくひと塊りになっていた。いささか酔った、いくらかは聞こし召しすぎ、酔いすぎたディナージャケット姿の男たちだ。そんな彼らの脇には白い腕をさらして取りすました女たちがいた。ミスター・ボティボルは競売人の近くのテーブルに席を取り、椅子に身を落ち着け、脚を組んで腕組みをした。一大決心をし、何物にも脅《おびや》かされまいとする者の決死の雰囲気が漂っていた。

賭け金の合計はたぶん七千ドルぐらいになるはずだ、とボティボルは自分に言い聞かせた。昨日も一昨日もだいたいそれぐらいだった。数字ひとつひとつはそれぞれ三百ドルから四百ドルで売れていた。イギリスの船なので賭けはポンドでおこなわれるが、彼としては自分の国の通貨で考えたかった。七千ドルというのは大金だ。まったくもってそうだ！　彼が考えているのは、百ドル札で払ってもらい、それを上着の内ポケットに入れて陸に上がることだった。それでなんの問題もない。そしてすぐに、そう、すぐにリンカーン・コンヴァーティブルを買うのだ。船を降りたら家に帰る途中で選び、それに乗って家に帰るのだ。玄関から出てきて、車を眼にしたときのエセルの顔を見るだけのために。淡いグリーンの新車のリンカーン・コンヴァーティブルを家のまえにすっと停めたら、エセルはどんな顔をするだろう？　きっとなかなかの見物《みもの》だろう！　今帰ったよ、エセル、ハニー。きわめてさりげなく言うのだ。ちょっとプレゼントをしようと思っただけだと。ショーウィンドウのまえを通りかかったら、きみのことを思い出してね。きみがどれほどこいつを欲しがってたか。気に入ったかい、ハニー？　色はこれでよかったかな？　そう言って、とくと妻の顔を眺めるのだ。

ミスター・ボティボルのテーブルの背後に立っていた競売人が呼ばわった。「お集まりのみなさん。船長は明日の正午までの一日分の航行距離を五一五マイルと見積もりました。いつものように、プラスマイナス十マイルの二十個の数字を賭けの範囲とします。すなわち五〇五マイルから五二五マイルまでです。もちろん、その範囲からはずれた数字を予測される方には、〝ロー・フィールド〟と〝ハイ・フィールド〟も別途売られます。それでは帽子の中から最初の数を引くことにしましょう……では、いきます。五一二マイルに賭ける方は？」

喫煙室は静かになった。人々はみな椅子にじっと坐り、全員がその眼を競売人に向けていた。部屋にはかなりの緊張感が漂っており、入札金額が上がるにつれ、その緊張感も高まった。これはゲームでもお遊びでもない。このことはひとりの参加者が入札金額を吊り上げた別の参加者を見る様子ではっきりとわかる――もしかしたら、笑みを浮かべているかもしれない。しかし、笑っているのは口元だけで、眼は爛々《らんらん》と光り、どこまでも冷ややかになっている。

五一二マイルは百十ポンドで落札された。そのあとの三つか四つの数字もだいたい同額で売れた。

船はまだひどく揺れていて、波を越えるたび、壁の羽目板が割れそうなほど軋んだ。それでも乗客たちは椅子の肘かけにしがみついて、オークション・プールに心を集中させていた。

「ロー・フィールド！」と競売人がひときわ高く声をあげた。「次のチケットはロー・フィールドです」

ミスター・ボティボルは背すじをまっすぐに伸ばして身を硬くした。待つことは最初から決めていた。ほかの参加者が入札しおえるまで待ってから突如参入し、最後に入札するのだ。計算したところ、彼のアメリカの銀行口座には少なくとも五百ドルの貯金があった。おそらく六百近く。だいたい二百ポンド――二百ポンドちょっとになる。このロー・フィールドのチケットがそれより高くなることはないだろう。

「ご存知のように」と競売人が言っていた。「ロー・フィールドは範囲内の最も小さな数字より下の数字すべてを含みます。ですから今日の場合、五〇五より小さい数字ということになります。今日の正午から二十四時間後の明日の正午までに五〇五マイルに達しないと思われる方は、どうぞご参加になって、このチケットをお買い求めください。

それではいくらからまいりましょう？」

　それは一気に百三十ポンドまで跳ね上がった。ミスター・ボティボル以外の乗客もやはりこの悪天候のことを考えているのだろう。百四十……百五十……そこで止まった。

競売人は小槌を振り上げた。

「それでは百五十で……」

「百六十！」とミスター・ボティボルが叫んだ。部屋じゅうの人の顔が彼に向けられた。

「百七十！」

「百八十！」とミスター・ボティボルは叫んだ。

「百九十！」

「二百！」とミスター・ボティボルは吠えた。もうおりる気はなかった――相手が誰であれ。

　一瞬、間《ま》ができた。

「二百ポンドより上の方は？」

　じっと坐ってるんだ、とミスター・ボティボルは自分に言い聞かせた。身じろぎひとつせず、じっとして顔は上げない。顔を上げるのは縁起が悪い。息を止めているんだ。息を止めているかぎり、誰も入札金額を競り上げない。

「それでは二百ポンドで……」競売人は禿げ頭の男だったが、そのピンク色の頭のてっぺんが小さなビーズのような汗で光っていた。「二百で……」ミスター・ボティボルは息を止めつづけた。「二百で……落札！」競売人はテーブルに小槌を打ちつけた。ミスター・ボティボルは小切手を切って競売人のアシスタントに渡すと、深々と椅子に身を沈め、競りが終わるのを待った。オークション・プールにどれだけ金が貯まったか見届けることなく、ベッドにはいる気はしなかった。

最後の数字が売られたあと、合計が出され、総額は二千百ポンド余りとなった。ほぼ六千ドルだ。九十パーセントは勝者のものになり、残り十パーセントは船員のための慈善事業に寄付される。六千ドルの九十パーセントは五千四百ドル。うん——これで充分だ。リンカーン・コンヴァーティブルが買えて、いくらか残金もあるだろう。このなんとも喜ばしい思いを胸に、ミスター・ボティボルは浮かれ、わくわくしながら自分のキャビンに戻った。

そして翌朝、目覚めると、数分、眼を閉じてじっと横になったまま強い風の音を聞き取ろうと耳をすまし、船の横揺れを待った。風の音など聞こえてこず、横揺れもなかった。ミスター・ボティボルは飛び起きて、舷窓から外をのぞいた。海は——なんとなんと——鏡のようになめらかで、この偉大な船は海原を軽快に飛ばし、明らかに昨夜失った時間を取り戻そうとしていた。ミスター・ボティボルは舷窓に背を向けると、備え付けのベッドの隅にのろのろと腰をおろした。恐怖に胃の下のあたりの皮膚が細い電気の針に刺されたかのように痛みだした。もはやなんの希望もなかった。こうなると、高い数字のひとつが勝つのは明らかだった。

「なんてことだ」彼は声に出して言った。「どうしよう？」

まずひとつ、エセルはなんと答えるだろう？　船のオークション・プールのチケットに、二年間ふたりで貯めた貯金のほとんどすべてを注ぎ込んだなどとはとても言えなかった。といって、秘密にしておくこともできなかった。秘密にするにしても、エセルには小切手を切ることをやめるように言わなければならない。それに、テレビと『ブリタニカ大百科事典』のローンはどうする？　彼には妻の眼の中の怒りと軽蔑がこのときもうすでに見えていた。怒りを宿すといつもそうなるように、妻のブルーの眼は灰色になり、細くなっていた。

「なんてこった。どうしよう？」

わずかでも勝つチャンスがあるかもしれないなどと思ってみても意味がなかった。この馬鹿たれの船が後戻りでも始めないかぎり。いくらかでも勝つチャンスがあるとすれば、船をバックさせ、全速力でうしろに進ませつづけることだ。ここは船長にそうしてくれと、まあ、頼んでみるべきか。儲けた額の十パーセントを出すからと言って。望みとあらばもっとたくさん出してもいい。ミスター・ボティボルはくすくす笑いだした。が、そこでいきなり笑うのをやめた。衝撃的なまでの驚きに眼も口も大きく開いていた。というのも、このときふと閃いたのだ。なんとも急で激しい閃きだった。弾《はじ》かれたように彼はベッドから立ち上がった。そして、ひどく興奮して舷窓へ駆け寄り、また外をのぞいた。そう、と彼は思った。なぜできない？　どうして駄目なのか。海はおだやかで、救助してもらうまで難なく浮かんでいられる。以前誰かがこれをやったことがあったようなぼんやりとした記憶があった。だからといって、またやって悪いことはない。これをやれば、船は一時停船して、ボートをおろさなければならない。ボートはボートで彼を救助するのにおそらく半マイルほど後戻りをしなければならない。そして、そこからまた船に戻らなければならない。だいたいそういうことになるだろう。船は一時間に約三十マイル進むから、それで一日の航行距離がほぼ三十マイル減るはずだ。それでいい。それでまちがいなく〝ロー・フィールド〟が勝つことになる。自分が船から落ちるところを確実に誰かに目撃してもらえさえすれば。でも、そういう細工は簡単にできる。軽装のほうがいい。泳ぐのに楽な恰好のほうが。スポーツウェア。それだ。デッキテニスをやりにいくような恰好をするのだ。シャツとショーツとテニスシューズ。腕時計は置いて出る。今は何時だ？　九時十五分。早ければ早いほどいい。今すぐ取りかかって片づけよう。すぐにやらなければ。タイムリミットは正午なのだから。

スポーツウェア姿でサンデッキに出たミスター・ボティボルは、恐れもし、興奮もしていた。そもそも彼は小柄な体型だが、腰のあたりだけ広く、それが上にあがるにつれて極端に幅の狭い撫で肩まで細くなっており、その姿形は船を引き止める係船柱を思わせた。黒い毛で覆われた細くて白い脚をさらし、デッキの上をテニスシューズで用心深くそっと歩きながら、落ち着かなげにまわりを見まわした。見えたのはたったひとり、太い足首と巨大な尻の老女で、手すりから身を乗り出して海を眺めていた。ペルシャン・ラム・コートを着て、襟を立てていたので顔までは見えなかったが。

ミスター・ボティボルはじっと立って、遠くから老女を念入りに観察してから、自分に言い聞かせた――ああ、彼女なら大丈夫だ。誰でもやるように、彼女もすぐに急を知らせてくれるだろう。でも、ちょっと待て、慌てるんじゃないぞ、ウィリアム・ボティボル、焦らないことだ。ちょっとまえキャビンで着替えたとき、自分に何を言い聞かせたか覚えてるか？　あのことを覚えてるか？

一番近い陸地からでも千マイルも離れた海に船から飛び込むという考えは、だいたいにおいて慎重な男であるミスター・ボティボルをいつにも増して用心深くさせていた。

彼としても、飛び込んだときに今眼のまえにいる女性が百パーセントまちがいなく、緊急事態を知らせに走ってくれることが確かめられるまでは、とても安心できなかった。考えるに、彼女が彼を見捨てるかもしれない理由はふたつあった。まず第一に、彼女は耳が聞こえず、眼が見えないかもしれない。それはあまり考えられないことではあったが、一方、ありえないと断言できることでもない。なのに、どうして危険を冒さなければならない？　事前に彼女にちょっと話しかけて調べればいいことだ。第二に——これは自衛本能や恐怖と向かい合ったとき、人の心というものがどれほど疑い深くなるかということを示しているが——第二に彼はふと思ったのだ。この女性もオークション・プールの数字を買っているかもしれない。それも高い数字を。その場合、彼女には船を停めたくないというまっとうな金銭的理由がある。人間というのは六千ドルよりずっと少ない金のためにも仲間を殺したりしている。そんなのは毎日、新聞に載っていることだ。そんなことまで思い出された。それについてもどうして危険を冒さなければならない？　まず調べること。事実を確認すること。礼儀正しいちょっとした会話で見きわめることだ。その結果、この女性が明るくて親切な人だと思えたら、これはもうまちがいなしだ。あとは心おきなく船から外へ飛び降りればいい。

ミスター・ボティボルはさりげなく女性のほうへ行くと、その横について手すりにもたれ、愛想よく声をかけた。「おはようございます」

女性は振り向いて笑顔を見せた。驚くほど愛らしく、美しいと言ってもいいほどの笑顔だった。もっとも、顔そのものはなんとも不器量だったが。「おはようございます」と女性も応じて言った。

最初の疑問は解決した、とミスター・ボティボルは心の中でつぶやいた。この女性は眼も見え、耳も聞こえる。「ひとつ教えてください」と彼は単刀直入に尋ねた。「昨夜のオークションのことはどう思われます？」

「オークション？」と女性は眉をひそめて訊き返した。「オークション？　なんのオークションのことです？」

「ほら、ディナーのあとでラウンジでやるおなじみの馬鹿げたやつです。船の毎日の航行距離の数字を売るやつです。あなたはどう思われたのかと思いましてね」

老女は首を振って、また笑みを見せた。やさしくて感じのいい笑みだった。おそらくは詫びの意味も込めたのだろう。「わたしはとても怠け者なんですの」と彼女は言った。「いつも早くベッドにはいりますの、ディナーもベッドでいただきます。ベッドでいただくだけでとても心が休まります」

ミスター・ボティボルは老女に笑みを返すと、その場から徐々に離れた。「もう行って運動をしないと。朝の運動は欠かしたことがないんです。お話しできてよかったです。とてもとても……」彼はそう言って、十歩ほど退いた。老女は彼を引き止めはしなかった。眼を向けることもなかった。

これでお膳立てはすべて整った。海はおだやかだし、泳ぐのに適した軽装をしているし、大西洋のこの海域に人食い鮫がいないのはまずまちがいないし、事故を知らせてくれる明るくて親切な老女もいる。現在唯一の問題は、彼の望みが叶うほど長いあいだ船を遅らせることができるかどうかだが、それはほぼ大丈夫のように思えた。そういう方向に持っていくのに自分でも少しは手を貸すことができるのだから。救命ボートに引き上げられる際に少し手こずらせるのだ。救助しようと救命ボートが近づいてきたら、ちょっとばかり泳ぎまわって、それとなくボートから離れるのだ。そうして得られた一分一分が、一秒一秒が勝ちを引き寄せる一助になるはずだ。彼はまた手すりのほうへ向かいかけ、そこで新たな恐怖に襲われた。船のスクリューに巻き込まれないだろうか？大型船の舷側から落ちた人がそういう目にあったという話を聞いたことがある。しかし、自分は落ちるのではなくて、飛び込むのだ。落ちるのと飛び込むのではまるで話がちがってくる。充分遠くへ飛び込んだら、スクリューから確実に離れられる。

ミスター・ボティボルは、さきほどの老女のいるところから二十ヤードほど離れた手すりまでゆっくりと歩いた。彼女は彼のほうを見ていなかった。なおさらよかった。飛び込むときに彼女に見られたくはなかった。誰にも目撃されないかぎり、たまたま足をすべらせて落ちてしまった、とあとで言うことができる。船の舷側から下をのぞき込んだ。海面までは遠くて遠くて遠かった。ふと思った。海面にたいらにぶつかると、いとも簡単に重傷を負ってしまう可能性がある。それで腹が裂けてしまった人がいたのではなかったか。高飛び込みで腹から落ちて。まっすぐ足からさきに落ちる必要があった。ナイフのように突入するのだ。そう、そのとおり。海は冷たそうで深くて、灰色だった。見ていると、震えが来た。しかし、今こそチャンスだ。チャンスを逃すんじゃない。男だろ、ウィリアム・ボティボル、だったら、男でいつづけるんだ。よし……今だ……行くんだ……

彼は幅の広い木製の手すりの上に乗ると、そこにいったん立ち、身のすくむような三秒間、体のバランスを取ってから飛んだ――できるだけ遠くに飛ぶと同時に叫んだ。

「助けてくれ！」

「助けて！　助けて！」叫びながら落ち、海面にぶつかると、海中にもぐった。

助けを求める最初の叫び声を聞きつけ、手すりにもたれていた女性は驚いて飛び上がった。そして、すばやくあたりを見まわした。すると、白いショートパンツとテニスシューズという恰好のさっきの小柄な男が、両腕を鷲の翼のように広げ、空《くう》を切って落ちていくのが見えた。男は落ちながら叫んでいた。いっとき、彼女には何をすべきなのかわからなかった。そのように見えた。救命浮輪を投げるべきなのか、急を告げに走るべきなのか、あるいはただ振り返って叫び声をあげるべきなのか。彼女は手すりから一歩あとずさると、半分振り向いて、ブリッジを見上げた。わずかのあいだにしろ、しばらくじっと動かなかった。緊張のあまり、決断がつかないようだった。が、その緊張もすぐに解けたようで、さきほどよりさらに手すりから身を乗り出すと、船の通った跡の波打つ海面を眺めた。やがて小さな丸い黒い頭があぶくの中から現われ、片腕が突き出され、一度、二度、激しく振られた。さらに理解不能なことばを叫ぶ声が遠くから小さく聞こえた。彼女は手すりからさらに身を乗り出して、小さな黒い点が上下に動くのを見失わないようにしたが、あっというまにはるか遠くに引き離されてしまった。そのため、それが実際にそこにあるのかどうかも確信が持てなくなった。

ややあって、別の女性がデッキにやってきた。この女性は痩せて角張った体型で、角《つの》ぶち眼鏡をかけていた。老女に気づくと、そばまでやってきた。ハイミス特有の軍隊式のわざとらしい歩き方でデッキを歩いて。

「ここにいたんですね」と女性は言った。

太い足首の女性は振り向いて相手を見たが、何も言わなかった。

「ずっと探してたんですよ」と痩せた女は続けて言った。「あちこち探したんですから」

「すごく変なの」と太い足首の女性は言った。「たった今、男の人がひとり、船から飛び込んだの、服を着たまま」

「馬鹿なこと言わないでください！」

「ほんとよ。彼は運動をしたいって言って、高飛び込みをしたの。服を脱ごうともしないで」

「もう階下《した》に行ったほうがよさそうですね」と痩せた女性は言った。そこで彼女の口元が突然引き締まり、顔全体が険しく厳しくなった。彼女はそれまでよりさらにやさしさに欠ける口調で言った。「もう二度とこんなふうにデッキをひとりで歩きまわらないでください。あなたにもよくわかっていることなんだから。わたしを待ってなくちゃいけないってことは」

「はいはい、マギー」と太い足首の女性は答えてまた笑みを浮かべた。やさしくて、人を信じて疑わない笑みだった。相手の手をつかむと、デッキを横切って連れていかれるまま彼女は言った。

「とってもいい人だったわ。わたしに手を振ってくれたりもしたんだから」

ギャロッピング・フォックスリー
Galloping Foxley

　この三十六年、私は週に五日、シティまで八時十二分の列車で通勤している。この電車は決して混みすぎることなく、キャノン・ストリート駅まで私をまっすぐに運んでくれる。そこからオースティン・フライアーズ（シティの一地区）にある私のオフィスまでは歩いてわずか十一分半の近さだ。

　この通勤経路が昔から気に入っている。小さなこの旅はどこをとっても愉しい。そこには規則正しさがあり、習慣に則った生活を送る者にはなんとも好ましい居心地のよさがある。加えて、この旅は船の斜路のような役割も果たしてくれている。そっとやさしく、しかし、確実に、私を日常業務の海へと送り出す。

　利用しているのは小さな田舎駅で、八時十二分の電車に乗るためにやってくるのはせいぜい十九人か二十人といったところだ。顔ぶれはめったに変わらず、たまに新顔がプラットフォームに現われると、まるでカナリアの籠に新しい鳥が入れられたときのように、一種の拒絶反応、抗議のさざ波が走る。

私が四分の余裕を持って駅に着く頃にはたいていみんなそろっている。善良で、真面目で、堅実な人たちがいつもの場所に立っている。いつもの傘、いつもの帽子、いつものネクタイで、いつもの顔ぶれが新聞を小脇にはさんで立っている。わが家の居間にある家具同様、何年も変わらず、これからも変わることはない。私はそこが好きだ。

いつもの隅の窓側に坐り、電車の音と揺れに身を任せて《タイムズ》を読むのも好ましい。通勤のこの部分は三十二分続くのだが、時間をかけた上手なマッサージのように、私の脳と気むずかしく歳を取った体を癒してくれる。嘘ではない。習慣的な繰り返しや規則正しさほど心の平安を守ってくれるものもない。朝のこの旅はこれまでにすでに一万回近くもしているが、日増しにますます愉しくなっている。また（話はそれるが、おかしなことに）私自身が時計そのものになっている。電車が二分か三分、あるいは四分遅れたら、そのことがすぐにわかるし、どの駅に停車しているかも顔を上げなくてもわかる。

キャノン・ストリート駅からオフィスまでの道のりは長すぎも短すぎもせず、私同様に判で押したように決まった時間に職場に向かう通勤者でいっぱいの通りを歩くのは、健康的な軽い散歩のようなものだ。信頼できそうな、堂々とした人たち、転々と職を変えることなどなく、世界をほっつき歩くこともない人たちに囲まれて歩いていると、安心できる。彼らの生活は私自身の生活同様、正確な時計の長針によってきちんと管理されており、同じ時間に同じ通りの同じ場所で出くわすことがしょっちゅうある。

たとえばこんなふうに。角を曲がってセント・スウィッシンズ・レーンにはいると、いつも決まって上品な中年女性に出くわすのだ。銀ぶちの鼻眼鏡をかけ、手には黒いブリーフケースを持っている――おそらくは優秀な会計士、もしかしたら繊維会社の重役かもしれない。信号に従ってスレッドニードル・ストリートを渡るときには、毎日襟穴に十回に九回は庭の花――それもいつも異なる種類の花――を挿している紳士とすれちがう。黒いズボンにグレーの短いゲートルを合わせ、明らかに時間に正確で、いかにも几帳面といった感じのご仁だ。たぶん銀行員、もしかしたら私と同じ事務弁護士かもしれない。横断歩道を急ぎ足ですれちがうときに、この二十五年で何度かちらっと眼を合わせたことがある。お互い相手に対する称賛と敬意を込めて。

今ではこの短い道のりですれちがう顔の少なくとも半分になじみがある。彼らもまたいい顔をしている。私好みの顔、私好みの人たちだ――健全で、勤勉で、実質本位の人たち。落ち着きのない、ぎらぎらした眼――労働党政権やら社会医療制度やら何やらで世界をひっくり返したがっている、いわゆる小賢しいタイプにありがちな眼――とは無縁の人たちだ。

私があらゆる意味において通勤に満足していることがこれでおわかりいただけたことだろう。いや、通勤に満足していたと言ったほうがより正確だろうか。ここまでお読みいただいたささやかな自叙的スケッチ――オフィスのスタッフを励ますための模範例として回覧しようと思ったのだ――を書いていた時点では、私は完璧に正直な自分の気持ちを書き表わしていた。しかし、それはちょうど一週間前のことで、それ以降、いささか異常なことが起きている。正確に言うと、先週の火曜日から。下書きをポケットに入れて大都会ロンドンに向かおうとしていたまさにその朝から。あまりにタイミングよく、偶然にしては出来すぎで、私には今でも神の御業としか思えない。つまり、神が私のささやかな随筆を読んでこう思ったのだ。「パーキンズという男は自己満足が過ぎる。今こそ教訓を与えるべきだ」実際そういうことだったのだろう。私は心底そう信じている。

さっきも言ったように、それは先週の火曜日のことだった。復活祭のすぐあとの火曜日、黄色い陽の射す暖かな春の朝、私は《タイムズ》を小脇にはさみ、ポケットには『満ち足りた通勤者』の原稿を入れ、小さな田舎駅のプラットフォームに一歩踏み出したところだった。何かがちがうことにはすぐに気づいた。奇妙でかすかな抗議のさざ波が通勤仲間のあいだに広がっているのが肌に感じ取れたのだ。私は立ち止まり、あたりを見まわした。

見慣れない男がプラットフォームの真ん中に立っていた。足を広げ、腕を組み、全世界を待ち受けているような顔をしていた。あたり一帯すべてが自分のものだと言わんばかりに。大柄でがっしりとして、背後から見ただけでも傲慢で粘着質という印象が強く伝わってきた。絶対に私たちの同類ではない。傘のかわりに籐製のステッキを持ち、靴は黒ではなく茶色、グレーの帽子を妙な角度に傾けてかぶり、あれやこれや、シルクと金ぴかを身につけすぎているように思え、それ以上は観察する気にもならなかったので、私は顔を空に向けたまま、彼のすぐ脇をまっすぐに通り過ぎた。そうすることで、すでに冷ややかになっているあたりの雰囲気がもっと冷ややかなものになることを心底願いながら。

電車がやってきた。私に続いて、その新顔も私専用のコンパートメントに乗ってきた！　できるならどうか想像してほしい。そのとき私がどれほどぞっとしたか！　過去十五年、私に対してそんなことをした者はひとりもいなかった。通勤仲間はいつも年長者である私に敬意を表してくれていた。最低でも一駅、ときには二駅か三駅、その場所をひとり占めすること。それが私の特別でささやかな愉しみのひとつなのだ。それがあろうことか、そいつも、その新参者もはいってくるとは。私の向かいに坐ると、脚を大きく広げ、鼻をかみ、大衆が読む《デイリー・メール》をがさがさ言わせて、胸くそ悪いパイプに火までつけるとは。

私は広げた《タイムズ》を下げて、新聞のへりから男の顔をちらりと盗み見た。私と同年代――六十二、三歳――だろうか。しかし、不愉快なほどハンサムで、褐色の肌はまるでなめし革のようだった。近頃、紳士用のシャツの広告で見かけるような男――ライオン狩猟者、ポロの選手、エヴェレスト登山家、熱帯地方の探検家、ヨットレースの選手、それらすべてを合わせてひとつにしたような男で、濃い眉と鋼のように冷たい眼とパイプを嚙む立派な白い歯の持ち主だった。これは私の個人的な見解だが、私はハンサムな男はいっさい信用しない。この世の軽佻浮薄な快楽をいとも簡単に手に入れ、見た目のよさは自分の努力の賜物だと言わんばかりに世を渡っているような男など金輪際信用しない。女性が美しいのはかまわない。それはまた別な話だ。しかし、男の場合は、申しわけないが、どうにも腹が立つのだ。コンパートメントの席の真向かいにそういう男に坐られてしまったのだ。私は《タイムズ》越しにのぞき見つづけた。すると、突然そいつが顔を上げ、眼が合ってしまった。

「パイプを吸っててもかまわないかな？」とそいつは指でパイプを持ち上げて訊いてきた。それしか言わなかった。が、いきなり聞こえた彼の声は私には途方もない効果があった。実際、飛び上がってしまったのではないかと思う。そのあとは凍りついたようになって、少なくとも一分は彼を凝視してから、ようやく自分を取り戻して答えた。

「喫煙車ですからご遠慮なく」

「一応訊くべきだろうって思ったもんでね」

　この口調。妙に歯切れのいい聞き覚えのある声。短い音が口から次々に飛び出してくるような、まるでラズベリーの種を発砲する小型速射砲のような、小さくともとても強い声。どこで聞いたのだろう？　それに、どうしてひとことひとことが記憶のはるか彼方の小さくて感じやすい場所に突き刺さるような気がするのだろう？　おいおい、と私は自分に呼びかけた。しっかりしてくれ。なんて無意味なことを考えてるんだ？

　新参者は新聞に戻った。私も同じく新聞を読むふりをした。しかし、ひどく心を乱され、まったく集中できなかった。かわりに社説面越しにさらに盗み見た。実に我慢のならない顔だ。下品で、ほとんど好色そうな下品な二枚目で、肌はどこもかしこもてらてらと嫌らしく光っている。私はこれまでの人生のどこかでこの顔を見たことがあるのか、それともないのか？　あるような気がしはじめた。見ているだけで、ことばではまったく説明できない妙な不快感――痛みや暴力、たぶん恐怖とさえつながっている不快さがあった。

電車を降りるまでそれ以上は何も話さなかった。が、私の規則正しい日常が目茶目茶にされたことはみなさんにも想像してもらえると思う。私の一日はこれでもう台無しだった。オフィスのスタッフもひとりならず、私の物言いがいつもより辛辣なことに気づいたことだろう。私に対して私の胃袋が辛辣な物言いをしはじめた昼食後はなおさら。

翌朝、男はまたプラットフォームの真ん中に立っていた。ステッキ、パイプ、シルクのスカーフ、それに胸くそが悪くなるようなハンサムな顔をして。私は男の脇を通り過ぎ、ミスター・グルミットという株式仲買人のそばまで行った。グルミットとは二十八年以上同じ電車で通勤している。しかし、会話らしい会話をしたことはそれまで一度もなかったと思う――われらが駅ではみな互いに距離を取り合っているようなところがあった――しかし、こうした危機がきっかけになって堅苦しさが取れるというのはままあることだ。

「グルミット」と私は声をひそめて言った。「あのいけすかない男は誰だ？」

「さあ、まったくわからない」とグルミットは言った。

「かなり不愉快なやつだ」

「確かに」

「常連にならないといいが」

「そんなことになったらたまらんよ」

やがて電車が到着した。

今回はほっとしたことに、男は別のコンパートメントに坐った。

しかし、その翌朝、私はまた男と一緒の席になった。

「今日はなんとも」と彼は私の真向かいに深々と坐りながら言った。「すばらしい《トッピング》天気だね」またしても記憶がゆっくりと掻き乱された。今回は前回より強くより近く呼び戻されたように感じられた。しかし、表面近くまで浮かんできているのに、まだたぐり寄せることはできなかった。

　そして金曜日、週の最後の日だ。駅まで車を走らせているときには雨が降っていたのを覚えている。しかし、何もかもが光り輝く暖かい四月に降るにわか雨は五、六分しか続かず、プラットフォームを歩く頃には、みんなの傘もすべてたたまれていた。陽射しが降り注ぎはじめ、空には大きな白い雲がいくつも浮かんでいた。にもかかわらず、私は憂鬱《ゆううつ》だった。もはやこの通勤にはなんの喜びも感じられなくなっていた。新参者がいることがわかっていたからだ。案の定いた。ここはおれの場所だと言わんばかりに両足を広げて立っていた。そして、今日は何気ない様子でステッキを前後に揺らしていた。ステッキ！　これでわかった！　私はまるで銃に撃たれたかのように動きを止めた。「フォックスリー！」私は思わず小声で叫んだ。「走りまくりの《ギャロッピング》フォックスリー！　今でもステッキを振ってるとは！」

もっとよく見ようと私は近寄った。これほど衝撃を受けたのは生まれて初めてだった。フォックスリーにまちがいない。ブルース・フォックスリー、または〝ギャロッピング・フォックスリー〟と呼ばれていた。最後に会ったのは、そう――学校だ。私がまだ十二、三歳の頃だ。

そのとき電車がプラットフォームにはいってきた。フォックスリーが私のコンパートメントに来ないでくれればよかったのだが。彼は帽子とステッキを棚にのせると席に坐り、パイプに火をつけた。そして、煙越しに、かなり小さな冷たい眼で私をちらりと見ると言った。「今日はなんともけっこうな《リッピング》天気じゃないか。まるで夏みたいだな」

声はもはや聞きまちがえようがなかった。まったく変わっていなかった。ただ、会話の中身はあの頃よく聞かされたこととはちがっていたが。

「いいだろう、パーキンズ」彼はよくそう言ったものだ。「いいだろう、このちびクソ。これでまたお仕置きだ」

あれは何年前のことか？　五十年近くになるにちがいない。それにしても、彼の特徴がまるで変わっていないのは驚くほどだ。あの頃と同じ傲慢な顎の上げ方、大きく開いた鼻の穴。蔑んだように凝視する眼はとても小さく、そしてわずかに両眼が寄りすぎているせいで人を不安にさせるところも昔のままだ。人に向かって顔をぐいと突き出し、ずけずけと人の心に踏み込んできて、人を隅に追いつめる態度も相変わらずだ。覚えているかぎり髪さえ変わっていない――ごわごわとして、わずかにウェーヴのかかった髪全体にちょっとばかりヘアオイルをつけている。まるでドレッシングとよく混ぜたサラダだ。そう言えば、彼の部屋のサイドテーブルには緑色をしたヘアトニックの壜がよく置かれていた。部屋の掃除をしなければならないときには、そこにあることがわかっているすべてのものが嫌いになるものだが、その壜には王室の紋章が描かれたラベルが貼られていた。ボンド・ストリートにある店の名前があり、その下に小さな文字で〝エドワード七世御用達〟と書かれていた。このことを特に覚えているのは、禿げ同然の人――たとえそれが国王であっても――の理容師であることを自慢しようなどというのは、あまりに滑稽だと思ったからだ。

私はフォックスリーが座席にゆったりともたれ、新聞を読みはじめるのを見つめた。不思議な気分だった。一ヤードしか離れていないところに、五十年前、私にみじめな思いをさせ、自殺まで考えさせた男が坐っているのだ。彼は私に気づいていない。口髭のおかげでばれる心配はまずなかった。私は安全だ。ここに坐って好きなだけ彼を観察していられる。

あの頃――入学初年度――を振り返ってみると、私はブルース・フォックスリーの手にかかり、こっぴどく苦しめられていた。そのことに疑問の余地はない。が、おかしいのは、そんな目にあうことになるそもそもの原因がはからずもすべて私の父にあったことだ。私は十二歳と半年で、その伝統あるパブリックスクールに入学した。あれは、そう、一九〇七年、シルクハットにモーニングコートというでたちの父に、学校の最寄りの駅まで連れていってもらったときのことだ。そのときのことは今でもよく覚えている。山積みにされた木のタックボックス（寮にはいっている子供に家庭から届けられる菓子を入れる箱）とトランク、それに何千人もいるかと思えるほど大勢の大柄な少年たちに囲まれ、私たちはプラットフォームに立っていた。少年たちは群れをなしてやたらと動きまわり、おしゃべりをしたり、大声で呼ばわり合ったりしていた。そんな中、誰かが私たちのそばを通ろうとして、いきなり父の背中をうしろから強く押した。その拍子に父は危うく転びそうになった。私の父は小柄で、礼儀を重んじる厳格な紳士だった。驚くほどのすばやさで振り返ると、突き飛ばした犯人の手首をつかんで言った。

「ここの学校ではその程度の礼儀しか教えないのか？」

その少年は父より少なくとも頭ひとつ分背が高く、冷ややかにせせら笑うような眼で傲岸に父を睨めつけた。何も言わずに。

「謝罪があってしかるべきだと私は思うが」と父は少年を見返して続けた。

しかし、その少年は口元にあの尊大で奇妙な笑みを薄く浮かべ、顎の先をますますえに突き出し、蔑むような眼を鼻越しに父に向けただけだった。

「きみはまるで躾《しつけ》のなっていない生意気盛りの子供みたいだな」と父はさらに続けた。「私としてはきみがこの学校の例外的存在であることを祈るほかはないな。私の息子たちにはどの子にもきみみたいな振る舞いは覚えさせたくないからね」

大柄な少年はそこで頭をわずかに私のほうに傾けると、小さくて冷ややかで、やや寄り眼がちの双眸で私の眼をのぞき込んできた。そのときはことさら怖いとは思わなかった。何も知らなかったのだ――パブリックスクールにおける、下級生を支配する上級生の権力についてなど何も。崇拝し、尊敬する父の側に立って、少年をきっと見返したことを今でも覚えている。

父がさらに何か言おうとすると、少年はただ背を向け、プラットフォームの人混みのほうへ悠然と歩き去った。

ブルース・フォックスリーはこのときのことを決して忘れなかった。で、言うまでもなく、そのことに関して私にとって実に不運だったのは、学校に着くなり、自分が彼と同じ寄宿舎にはいることがわかったことだ。さらに悪いことに――自習室まで同じだった。彼は最上級生で、しかも監督生――わが校では〝ボーザー〟と呼ばれていた――で、〝ボーザー〟には雑用係の下級生に体罰を加えることが公に認められていた。そんなフォックスリーと自習室が同じというだけで、私はおのずと彼専属の奴隷になった。彼の従者、コック、メイド、使い走りになったのだ。どうしても必要な場合を除き、彼には指一本もたげさせてはならない。それが私の務めだった、わが校のちっぽけでみじめな雑用係は〝ボーザー〟にどこまでも用を言いつかる。召使いがこれほどあれこれやらされる社会など、私の知るかぎり世界じゅうどこにもない。朝など、凍てつくほど寒かろうと雪が降っていようと、毎朝食後にトイレに行き（屋外にあって、暖房がないのだ）あとから来るフォックスリーのために、便座を自分の尻で温めるといったことまでさせられるのである。

部屋を歩く彼の姿が今でも眼に浮かぶ。自由気ままに優雅な足取りでぶらつき、その進路に椅子があれば横ざまに倒す彼の姿だ。そんなとき、私は駆けつけて椅子をもとに戻さなければならない。彼はシルクのシャツを着て、いつもその袖の中にシルクのハンカチを挿し込んでいた。靴はロブとかいう人物の手になるもので（そこにも王室の紋章が描かれていた）骨を使って、先の尖ったその靴を毎日十五分磨いて艶を出すのも私の仕事だった。

しかし、最悪の思い出はすべて更衣室にまつわるものだ。

今でもそのときの自分自身を思い描くことができる——だだっ広い更衣室にはいってすぐのところに、ちび助の少年が青ざめた顔をして突っ立っている。パジャマに寝室用スリッパ、それにキャメル地のドレッシング・ガウンという恰好で。天井からコードで吊るされた、ひとつしかない電球が煌々と輝き、四方の壁には黒と黄色のサッカーのユニフォームが掛けられ、そこから発する汗くさいにおいが部屋に充満している。そんな中、あの声が、歯切れのいい、小さな種を吐き散らすような話し方で早口にこう告げるのだ。「今回はどっちがいい？　ガウンを着たまま六回か、それとも脱いで四回か？」

その質問に自分から答えられたためしがなかった。その場にひたすら立ち尽くし、汚れた床板にただ眼を落とすことしか私にはできなかった。恐怖で頭がくらくらし、もうすぐその大柄な少年から体罰を受けるのだということ以外、何も考えられなかった。彼はあの長くて細くて白い杖で、たっぷりと時間をかけ、計算し尽くし、巧みに、誰はばかることなく、そしてあからさまに愉しそうに打ちすえるのだ。その結果、私は血を流すことになる。その五時間前、私は自習室の暖炉に火を入れることに失敗したのだ。その仕事のために小づかいをはたいて、高価な着火材を一箱買っておいたのに。その着火材に火をつけ、煙道の開口部に新聞紙を広げて風道をつくり、膝をついて火床の下に思いきり息を吹きかけたのに。しかし、火はどうしても石炭に燃え移ってくれなかったのだ。

「依怙地になっていて答えられないのなら」とその声は続けて言う。「かわりにおれが決めてやらなくちゃな」

答えたくてならなかった。どちらを選ぶべきか、わかっていたからだ。それは入学したらまっさきに身をもって知ることだ――余分に受けても罰は必ずガウンを着たまま受けるべし。そうしないと、ほぼ確実に傷を負ってしまう。着たまま三回打たれても脱いでの一回よりまだましなのだ。

「ガウンを脱いで部屋の隅まで行け。行ったら、爪先に指が触れるぐらいまえにかがめ。四回にしておいてやるよ」

私はぐずぐずと脱いだガウンを靴置き場の上にある棚にのせて、ゆっくりと部屋の隅に向かう。コットンのパジャマだけになると、裸にされたようでさすがに寒く、ゆっくりと足を運ぶ。周囲のあらゆるものがいきなりとても明るくのっぺりとなって、遠くに離れて見える。幻灯機が投じる画像のようにとても大きく、とても非現実的に。両眼を開けて水中を泳いでいるときのように。

「さっさと爪先に触れろ。もっとかがめ――もっともっと」

そう命じると、彼は更衣室の反対側に歩いていく。私はまえかがみの姿勢で両脚のあいだから逆さになった彼を見ている。彼はドアを出て姿を消す。そのドアの先は二段下がっており、〝洗面台通り〟と呼ばれている廊下に続いている。石を敷いたその廊下の片側の壁ぎわには洗面台がずらりと並び、その奥は浴室だ。姿が見えなくなったということは、彼は〝洗面台通り〟のつきあたりまで進んだということだ。いつものことだ。やがて靴音が聞こえてくる。遠くからでも洗面台とタイル張りの壁にこだまして大きく響く。全速力《ギャロッピング》での突進を開始した合図だ。両脚のあいだから、二段の踏み段を一気に跳び越えて更衣室に飛び込んでくる彼が見える。顔を突き出し、杖を宙に振りかざし、弾むようにして向かってくる。ここまで来ると、私は眼を閉じ、打ちすえられる音がするのを待つ。そして、自分に言い聞かせる――何がなんでも体を起こすな、と。

まともにぶたれたことのある人なら誰でも言うだろう――ほんとうの痛みはぶたれてから八秒から十秒ばかり経たないとやってこない。ぶたれた瞬間は、ぴしゃりという大きな音がして、鈍い痛みを尻に感じるだけで、ほかにはまったく何も感じない（銃で撃たれたときも同じだそうだ)。それが、ああ、なんとも情けないことに、しばらくすると、剝き出しの尻全体に真っ赤に焼けた火搔き棒を押しあてられたような痛みが襲ってくる。尻に手をまわして押さえたくなる衝動を抑えることなど絶対に不可能だ。フォックスリーはこの痛みの時間差を充分理解しており、ぶつたびにゆっくりと後退して距離を取る。たっぷり十五ヤードはさがっていたにちがいなく、そうやって、痛みがしっかりと頂点に達したところを見計らって次の一撃を加えてくるのだ。

四発目になると、どうしても体を起こしてしまう。そうせざるをえなくなるのだ。耐えられるかぎり体が抑えていた防衛本能が反射的に働くのだろう。

「動いたな」とフォックスリーは言う。「今のは数に入れないぞ。もう一発だ——かがめ」

今回は忘れずに足首をつかむ。

五発目が終わると、靴置き場まで歩いて——臀部を押さえながら、実にぎこちない恰好で——ガウンを着る。その様子を彼は見ている。私のほうは絶対に彼のほうを向かないようにしている。顔を見られないように。しかし、更衣室から出ようとすると、必ずこんなことばが飛んでくる。「おい！　戻ってこい！」

私はもう廊下に出ている。それでも、足を止めて振り返り、戸口に立って次のことばを待つ。

「戻れ。こっちに来い。さあ、すぐ——何か忘れてないか？」

このときにはもう焼けるような猛烈な尻の痛みのことしか考えられない。

「きみはまるで躾《しつけ》のなっていない生意気盛りの子供みたいだな」私の父の口調を真似て彼は言う。「ここの学校ではその程度の礼儀しか教えないのか？」

「あり……ありがとうございました」と私はつっかえながら答える。「ご鞭撻……ありがとう……ございました」

それから暗い階段をあがって寝室に戻るのだが、そのときには気持ちはずっと楽になっている。これですべて終わり、痛みも和らぎ、仲間が私を取り囲み、まさに同じことを何度も経験している者同士、同病相憐れんで、手荒な同情心を示してくれるからだ。

「おい、パーキンズ、ちょっと見せてみろよ」

「何発叩かれたんだ？」

「五発だろ？　ここからでもよく聞こえたよ」

「いいじゃないか、さあ、叩かれたところを見せろよ」

私はそこで立ったままパジャマのズボンをおろし、仲間は専門家の眼でどれだけこっぴどくやられたのか粛々と調べることになる。

「けっこう離れてるね。フォックスリーのいつものレヴェルには全然達してないね」

「この二発はかなり近いね。実際、重なってる。見て見て――これってすごいじゃん！」

「この下のほうの一発はしくじったね」

「あいつは洗面台通りの奥まで行ってから始めたのか？」

「ビビって体を起こしたら、一発よけいに食らった。だろ？」

「しかし、まあ、おまえってあのフォックスリーによほど眼をつけられてるんだね、パーキンズ」

「血が少し出てる。洗っておいたほうがいいぞ」

すると、そこでドアが開く。フォックスリーが立っている。みんな慌てて方々に散り、歯を磨いているふりやらお祈りをしているふりやら始める。私はと言うと、ズボンをおろしたまま部屋の真ん中に突っ立っている。

「いったい何してるんだ？」フォックスリーは自分の手がけた作品をちらりと見ながら言う。「おい、パーキンズ！　きちんとパジャマを着て、さっさと寝ろ」

そうして一日が終わる。

曜日を問わず、私には自分の時間がまったく持てなかった。私が自習室で小説を読みはじめたり、切手のアルバムを開いたりしているところを見かけると、フォックスリーは即座に用事を見つけて私を呼びつけた。そんな彼のお気に入り――とりわけ雨の日のお気に入り――の用事のひとつにこんなのがあった。「なあ、パーキンズ、おれの机の上にヒオウギアヤメの花を置いたら、さぞかしきれいだろうな。そうは思わないか？」

　ヒオウギアヤメはオレンジ池の周辺にしか咲いていない。オレンジ池は道路を二マイル、そこから原っぱにはいって半マイルも歩いた先にある。私は椅子から立ち上がり、レインコートを着て麦わら帽をかぶり、傘を持って――自分のこうもり傘《ブラリー》を持って――この長くて孤独な旅に出かける破目になる。外に出かけるときにはいつでも麦わら帽をかぶらなければならない。しかし、雨に濡れると、すぐに使いものにならなくなってしまう。だから、帽子を守るためにこうもり傘が必要なのだ。とはいっても、ヒオウギアヤメを探して池の畔の茂みの中を這いずりまわっているあいだずっと、傘をさしているなどできるわけがない。だから、帽子を台無しにしないようさした傘を地面に立て、その下に帽子を置いて花を探したものだ。私がしょっちゅう風邪をひいていたのはそんなことをしていたからだ。

　しかし、最も怖ろしい日は日曜日だった。日曜日は自習室を掃除する日なのだが、そんな日曜日の朝の恐怖を今でもどれほどまざまざと覚えていることか。それこそ狂ったようになって埃を払い、ぴかぴかに磨いて、フォックスリーが点検に来るのを待つのだ。

「終わったのか？」とフォックスリーは訊いてくる。

「終わ……終わったと思います」

すると、フォックスリーは自分の机までぶらぶらと歩いて、引き出しから白い手袋を片方だけ取り出し、おもむろに右手にはめる。指を一本一本しっかり奥まで差し込む。そうしてから、私がびくびくしながら見守るそばで部屋の中を歩きまわり、額ぶちの上、壁の幅木、棚、窓枠、ランプシェードに白い手袋をした人差し指をすべらせるのだ。私には一瞬たりと彼の指から眼を離すことができない。その指が私に破滅の宣告をくだすかどうかを決めるからだ。実際、その指はたいてい私が見逃していた、あるいはそんなところにあるとは思ってもみなかった小さな汚れを見つけた。するとフォックスリーはゆっくりと振り返り、笑みならざる物騒な笑みをわずかに浮かべ、白い手袋に包まれた指を立て、その脇に埃がかすかについているのを私に見せつけるのだ。

「さて」と彼は言う。「おまえは怠け者のちびクソだ。ちがうか？」

私には答えることができない。

「ちがうのか？」

「そこもちゃんと掃除したつもりなんですが」

「おまえは怠け者のちびクソなのか、そうでないのか？」

「は、はい、そうです」

「だけど、おまえの親父はおまえにそんなふうになってほしくないと思ってる。ちがうか？　おまえの親父はとりわけ礼儀には口やかましい男なんだから。だろ？」

返事ができない。

「おまえの親父はとりわけ礼儀に口やかましいのかって訊いたんだがな」

「そ、そうかもしれません」

「だったら、おまえにお仕置きをすれば、それはおまえの親父の意にも叶うということだ。だろ？」

「わかりません」

「ちがうのか？」

「い、いえ、ちがいません」

「だったら、お祈りのあと、更衣室で会おう」

それからその日はそのあと一日じゅう、夜が来るのをびくびくして待つという苦痛に耐えながら過ごすことになる。

なんとなんと。今になってなんと次から次へと思い出すことか。そういえば日曜日は手紙を書く日でもあった。〝親愛なる父さん、母さんへ　手紙をありがとう。ふたりとも元気で過ごしてますか。ぼくは元気ですが、ただちょっと風邪をひいてしまいました。雨にあたったからです。でも、すぐによくなるでしょう。昨日、シュルーズベリ校とのサッカーの試合があって、四対二で勝ちました。ぼくも応援しにいったのですが、ご存知のあの寮長のフォックスリーがゴールをひとつ決めました。ケーキの差し入れをありがとう。愛を込めて、ウィリアム〟。

私はたいていトイレに行って手紙を書いた。または物置き部屋《ブーツルーム》やバスルームに行って──どこにしろ、フォックスリーのいないところで。それでも、時間には注意を払っていなければならなかった。お茶の時間の四時半までにフォックスリーのトーストを焼いておかなければならなかったからだ。フォックスリーのために毎日トーストを焼くように命じられていたのだ。平日は自習室の暖炉に火を起こすことが許されていなかったので、各々の上級《スタディホルダー》生のために、トーストを用意しなければならない雑用係の下級生は全員、図書室のたったひとつしかない小さな暖炉のまわりに集まり、トーストをあぶるのに使う長柄のフォークでつつき合ったりして、どうにかいい場所を確保しようとしたものだ。そんな状況にあっても、フォックスリーのトーストは次のように仕上げなければならなかった──一、ぱりっとかりかりに焼くこと、二、絶対に焦がさないこと、三、時間ぴったりに焼き立てを出すこと。その注文にひとつでも応えられないと、それは〝尻叩きの刑〟に価する罪となる。

「おい、おまえ、これはなんだ？」

「トーストです」

「ほんとうにこれがトーストだと思ってるのか？」

「ええっと……」

「おまえは怠け者だからトーストもまともにつくれない。ちがうか？」

「ちゃんとやってるんですけど」

「怠け馬はどんな目にあうか知ってるか、パーキンズ？」

「いいえ」

「おまえは馬か？」

「いいえ」

「まあ、どのみち、おまえは馬鹿だからな、ははは、だからおまえには馬の資格は充分にある。あとで会おう」

ああ、苦悩に満ちたあの頃。フォックスリーのトーストを焦がすことは〝尻叩きの刑〟に価した。フォックスリーのサッカーシューズから泥を拭き取るのを忘れても価した。フォックスリーのサッカーのユニフォームを干し忘れても。フォックスリーのこうもり傘を巻いてたたむ方向をまちがえても。フォックスリーが勉強しているときに自習室のドアをばたんと音を立てて閉めても。フォックスリーの風呂の湯を熱くしすぎてしまっても。フォックスリーの将校訓練隊の制服のボタンをきれいに磨けなくても。そのボタンを磨く研磨剤の青い粉を制服につけてしまっても。フォックスリーの靴の底を磨かなくても。いついかなるときであれ、フォックスリーの自習室を散らかしたままにしておくことも。実のところ、フォックスリーにしてみれば、私の存在そのものが〝尻叩きの刑〟に価するも同然だったということだ。

私は窓の外を見た。なんと、もう到着しそうだ。ずいぶんと長いことこんな昔のことばかり思い出していたようだ。私はまだ《タイムズ》を開いてさえいなかった。フォックスリーのほうは、私の向かいの角の座席にゆったりともたれて《デイリー・メール》を読んでいた。パイプの青い煙越しに――新聞のへりの上に――彼の顔が半分見えていた。ぎらぎらした小さな眼、皺の刻まれた額、いくらかヘアオイルをつけたウェーヴのかかった髪。

こんなに長いときを経て、こうして彼の顔を見るというのはなんだか特別で、むしろ興奮させられる体験だった。彼がもはや危険な存在でないのはわかっている。しかし、古い記憶は頭から離れず、彼を眼のまえにすると、完璧にはくつろげなかった。何か飼い慣らされたトラの檻にでも入れられたような気分だった。

なんと愚かなことか。私は自分にそう言い聞かせた。まったく。そうしたいのなら、話しかけて私が彼のことをどう思っているか、言えばいいだけのことだ。彼にはもう手出しはできないのだから。そう――それは悪くない考えだ！

ただ、まあ、結局のところ、それはそれだけの価値のあることだろうか？　そういうことをするには私はすでに歳を取りすぎている。それに、今も彼をそれほどひどく憎んでいるのかどうか、私自身よくわかっていないのだから。

では、どうすべきか。こうして坐ったまま阿呆のように彼を見つめているわけにはいかない。

そんなふうに思ったところで、私はちょっとした悪戯心に駆られた。私がしたいのはこういうことだ――私は心の中で自分につぶやいた――身を乗り出して彼の膝を軽く叩き、私が何者であるか告げるのだ。そして、彼の顔をじっと見つめる。そのあと、ともに過ごした学生時代の話をする――この車両のほかのみんなにも聞こえるように大きな声で。彼が私にしたことをいくつか冗談めかして話し、思い出させるのだ。いくらかは決まり悪くさせるために、更衣室でさんざん叩かれたことをつぶさに話してもいい。ちょっとばかりからかって、居心地の悪い思いをさせたところで、そんなことで彼が傷つくとも思えない。一方、私のほうはそれできっと胸がすくだろう。

いきなり彼が顔を上げ、私に見られていたことに気づいた。これで二度目だ。同じことが二度起こり、彼の眼に苛立ちが揺らめいたのが私にはわかった。

よし、と私は自分に言った。さあ、話しかけるぞ。しかし、あくまでも愛想よく、和やかに、礼儀正しく。そうすれば効果はより高まり、彼はいっそう決まり悪い思いをするだろう。

私は彼に向かって微笑み、行儀よく小さく会釈した。それから声を大きくして言った。「失礼ですが、自己紹介させてください」身を乗り出し、どんな反応も見逃すまいと彼の顔を食い入るように見つめた。「私の名前はパーキンズ。ウィリアム・パーキンズ。レプトン校、一九〇七年の入学です」

同じ車両に居合わせたほかの乗客たちが座席の上で身をこわばらせる気配があった。誰もが耳をそばだて、次に何が起こるか、固唾《かたず》を呑んで待っているのがわかった。

「どうもご丁寧に」と彼は言って、新聞を膝の上におろした。「私はフォーテスキュー。ジョスリン・フォーテスキュー。イートン校、一九一六年入学」

皮　膚
Skin

その年、一九四六年は冬が長かった。もう四月だというのに身も凍るような寒風が街の通りを吹き抜け、雪雲が空を移ろっていた。

ドリオリという老人がリヴォリ通りの歩道を足を引きずりながらつらそうに歩いていた。薄汚れた黒いコートに包んだ体をハリネズミのように丸め、立てた襟から頭のてっぺんと眼だけをのぞかせているその姿はいかにも寒そうでみじめだった。

カフェのドアが開いてローストチキンのにおいがかすかに漂ってくるとみぞおちのあたりがきゅっと痛くなったが、ドリオリは足を止めなかった。そのまま歩きつづけ、店のショーウィンドウに並ぶものに別に興味を持つでもなく、ただ眼を走らせた。香水、シルクのネクタイにシャツ、ダイアモンド、磁器、アンティークの家具、凝った装幀が施された書籍。画廊もあった。ドリオリは昔から画廊が好きだった。その画廊はショーウィンドウに油絵を一点飾っていた。ドリオリは足を止めてその絵を見てから立ち去りかけた。が、そこでふと立ち止まると、もう一度見た。急にかすかな胸騒ぎを覚えた。記憶の糸車がまわりだしたのだ。どこかで見たことのある何かの遠い記憶。もう一度絵を見た。風景画だった。とてつもない強風が吹き荒れているのか、木立ちが片側にひどく傾き、空は一面、渦を巻いて歪んでいた。額縁には小さな銘板が取り付けられ、そこにはこう書かれていた。シャイム・スーチン（一八九四年～一九四三年）。

ドリオリはその油絵に眼を凝らし、その絵の何がどこかで見たような気にさせるのかぼんやり考えた。狂った絵だ。そう思った。なんとも奇妙で狂っている――なのに心惹かれる……シャイム・スーチン……スーチン……「まさか！」ドリオリは突然声をあげた。「おれの可愛いカルムイク人の子。そう、あの子だ！　あの可愛いカルムイクの子の絵がパリの一流画廊に展示されてるのか！　なんてこった！」

ドリオリはショーウィンドウにさらに顔を近づけた。あの若者のことなら今でもよく覚えている――そう、ありありと思い浮かべることができる。しかし、あれはいつのことだったのだろう？　そこからさきを思い出すのはそうたやすいことではなかった。かなり昔のことだ。どれくらいまえだろう？　二十年前――いや、もう三十年近くまえのことではないだろうか？　待て。そうだ――あれは戦争、最初の世界大戦のまえの年、一九一三年だ。まちがいない。ドリオリはこのスーチンという子が、この小柄で醜いカルムイク人の若者が、無愛想でいつも物思いに耽っている若者が好きだった。ほとんど愛していた。絵が達者だったことを除けば、あの若者を好きになる理由など何ひとつ思いつかないのだが。

それにしても、あの子の描く絵は見事だった！　徐々に記憶が鮮明に甦ってきた――あの街並み、街のいたるところに捨てられた空き缶、饐《す》えたにおい、ゴミ容器の上を優雅に歩いていく茶色い猫。そして女たち。歩道の丸石に足を投げ出し、戸口の階段に坐っていた涙もろい肥った女たち。あれはなんという通りだったか。あの子はどこに住んでいたのだったか。

シテ・ファルギエール、そう、あそこだ！　ドリオリは何度もうなずいた。名前を覚えていたことが嬉しかった。椅子一脚と若者が寝るのに使っていた薄汚い赤い寝椅子が置かれたあのアトリエ。酒盛りの数々、安物の白ワイン、激しい言い争い、そして四六時中、まさに四六時中、自分の作品のことを考えていたあの若者の苦虫を嚙みつぶしたような顔。

おかしなものだ、とドリオリは思った。いまだにすべてがこうもすんなりと甦ってくることは。他愛もないことをひとつ思い出すと、すぐにまた別のことを思い出すとは。たとえば、刺青にまつわるあの愚にもつかない一件。そう、この世にいかれた出来事があるとすれば、まさにあれこそそれだ。何がきっかけだったのか。ああ、そうだ――あの日はまとまった金が懐《ふところ》にはいったのだった。そういうことだ。おれはワインをしこたま買い込んだ。ドリオリの胸にあの日の自分の姿が甦ってきた――ワインを詰め込んだ包みを小脇に抱えてアトリエに戻ると、若者はイーゼルのまえに腰をおろし、ドリオリの妻はアトリエの真ん中に立ってポーズを取り、肖像画のモデルを務めていた。

「今夜はお祝いだ」ドリオリはそう言ったのだった。「ささやかな祝杯をあげようぜ、おれたち三人で」

「三人で何を祝おうっていうのさ？」と若者は顔も起こさずに言ったものだ。「それって奥さんが晴れてぼくと一緒になれるようについに離婚を決意したってこと？」

「そうじゃない」とドリオリは言った。「今日は仕事でかなり儲けたんだ。だから三人で祝うんだよ」

「こっちは一銭も稼げなかった。それも祝おう」

「祝いたけりゃ」ドリオリはテーブルの脇に立って包みを開けた。疲労困憊しており、すぐにワインにたどり着きたかった。一日で客が九人も来たのは実に喜ばしいことだが、眼にはこたえた。九人に刺青を彫るなどそれまで一度もなかったことだ。酔っぱらった九人の兵隊ながら、すばらしいことにそのうち七人が現金で払ってくれたのだ。これで一気に懐《ふところ》が暖かくなったわけだが、それだけ仕事をするとかなり眼にくる。疲れから瞼《まぶた》をまともに開けることもできず、白眼には短く赤い線が何本も走っていた。眼球の一インチほど奥が集中的に少し痛みもした。とはいえ、今はもうすっかり夜もふけ、豚みたいに金持ちになって、おまけに包みにはワインが三本はいっている。一本は妻のため、一本は友人のため、一本は自分のためだ。ドリオリはすでにコルク抜きを見つけていて、ワインを次々と開けた。コルクが抜けるたび、すぽんという小さく軽やかな音が響いた。

若者が絵筆を置いて言った。「やめてよ。まわりでそんなにうるさくされたら、どうやったら仕事ができる？」

ドリオリの妻が部屋の隅から絵を見に近寄ってきた。ドリオリも近づいた。片手にはボトル、もう一方の手にはグラスを持って。

「駄目だ！」と若者は叫んだ。いきなり激怒していた。「頼むから――やめてくれ！」若者はイーゼルからキャンヴァスを引っつかむと、裏表にして壁に立て掛けた。が、ドリオリはもう絵を見てしまっていた。

「気に入ったよ」

「すばらしい出来だ。おまえが描いたほかの作品と同じようにすばらしい。おれはおまえの絵が全部好きだ」

「ひどい出来だよ」

「問題は」と若者は言って顔をしかめた。「絵自体にはなんの栄養もないってことだ。絵を食べるわけにはいかないんだもの」

「それでも、おまえの絵が見事なことに変わりはないよ」ドリオリは淡く黄色がかったワインをなみなみと注いだタンブラーを手渡した。「飲めよ。飲めば気も晴れるって」

まったく、とドリオリは思った。これほど不幸せな人間も、これほど陰気な顔をしたやつも見たことがない。彼が若者を見かけたのは七カ月ほどまえ、カフェでのことだ。若者はひとりで酒を飲んでいた。ドリオリがそのテーブルについて話しかけたのは、若者がロシア人のような、あるいはどこかアジア人を思わせる風貌だったからだった。

「あんた、ロシア人かい？」

「ああ」

「どこの出身だ？」

「ミンスク」

ドリオリは弾かれたように立ち上がると、若者に抱きつき、自分もあの町の生まれだと声を張り上げた。

「正確にはミンスクじゃないけど」と若者は言った。「でも、そのすぐ近くだ」

「どこだ？」

「スミロヴィッチ、十二マイルばかり離れてる」

「スミロヴィッチだって！」ドリオリはまた叫んで若者を抱きしめた。「あの町なら子供の頃、何度か歩いて出かけたことがある」ドリオリはまた腰をおろすと、親しみを込め、相手の顔をまじまじと見つめた。「だけど、おまえは西ロシアの人間には見えないな。見た目はタタール族か、カルムイク族みたいだ。いや、まさしく、カルムイク族そのものだ」

　あれから七カ月、ドリオリはアトリエに立ってまた若者をじっと見つめた。若者はワイングラスを受け取ると、一息で飲み干した。実際、彼はいかにもカルムイク族の面構えをしていた。広くて高い頬骨、幅広の野性的な鼻。側頭部から突き出ているように見える耳のせいで、頬骨の大きさがより一層きわだって見える。それに、いかにもカルムイク族らしい細い眼に黒い髪に厚ぼったくて不機嫌そうな唇。なのに手だけは――いつ見てもその手には驚かされた――女性の手のように華奢で白く、指も短く細かった。

「もっと飲ませてくれよ」と若者は言った。「お祝いをするなら、きちんとやらないとね」

ドリオリはワインを手渡すと椅子に腰をおろした。若者はドリオリの妻と並んで年季の入った寝椅子に坐った。ワインのボトルは三人のあいだの床に置かれた。

「今夜は飲めるだけ飲もうじゃないか」とドリオリは言った。「今日のおれは珍しく金持ちなんだよ。だからちょっと出かけてワインをもっと仕入れてもいいかもな。何本あればいい？」

「あと六本」と若者は言った。「ひとり二本」

「よし。すぐ買ってくる」

「手伝うよ」

近くのカフェで白ワインを六本仕入れると、ふたりはアトリエに持ち帰り、床の上に二列に並べた。ドリオリが栓抜きを取ってきて、六本すべてのコルクを抜いた。三人は腰をおろしてまた飲みつづけた。

「こんなふうにお祝いができるのは金持ちだけだ」とドリオリは言った。

「そのとおりだね」と若者も同意して言った。「だろ、ジョジ？」

「もちろん」

「どんな気分、ジョジ？」

「いい気分」

「ドリオリを捨てて、ぼくと結婚してくれる？」

「いいえ」

「すばらしいワインだ」とドリオリが言った。「これを飲めるなんてな特権みたいなもんだ」

　三人はゆっくりと着実に酔いはじめた。それはいつものことではあったが、それでも彼らにはおこなわなければならない一定の儀式があった。保たれなければならない厳粛さ、口にしなければならない――繰り返し口にしなければならない――ことばが山ほどあった。まずワインを誉めなければならなかった。ゆったりとした時間の流れも重要だった。そうすれば、きわめて甘美な三段階の移行を愉しむ時間が持てるからだ。とりわけ（ドリオリにとっては）自分の体が宙に浮き、足が自分のものではなくなったような感覚になってくる段階が愉しかった。三段階の中で最高のものだった――ふと見下ろすと、自分の足があまりにも遠くにあり、あれはどこのいかれ頭の足だろう、どうしてあんなふうに、あんなに遠いところで床の上に転がっているのだろう、などと考えるのだ。

　しばらくのち、ドリオリは立ち上がって明かりをつけた。立ち上がった瞬間、足が自分についてきたのを見て驚いた。足が地に着いている感触がないのでなおさら驚いた。

宙を歩いているような心地よい感覚があった。彼は部屋の中をふらふらと歩き、壁に重ねて立て掛けてある油絵をこっそりのぞきはじめた。

「聞いてくれ」とややあってドリオリは言った。「いいことを思いついた」そう言うと、寝椅子に近づき、そのまえに立った。体がゆったりと揺れていた。「聞いてくれ、おれの可愛いカルムイク」

「何？」

「ものすごいアイディアが浮かんだんだ。聞いてるか？」

「ぼくはジョジの話を聞いてるところなんだけど」

「いいからおれの話を聞け。おまえはおれの友達だ——ミンスクから来たおれのちっちゃな醜いカルムイク人だ——でもって、おれにとっちゃ絵が欲しくなるような絵描きだ。素敵な絵が——」

「全部あげるよ。そこにあるもの全部持っていくといい。でも、ぼくがあんたの奥さんと話をしてるときに邪魔するのはやめてくれ」

「駄目だ、駄目だ。いいから今は聞け。おれが言いたいのは、ずっと絵を持っていたいということだ……永久に……どこへ行こうと……何が起ころうと……いつもおれとともにあってほしいということだ……おまえの描いた絵が」ドリオリは手を伸ばして若者の膝を揺さぶった。「今はおれの言うことを聞けって。頼むから」

「聞いてあげなさいよ」とジョジが言った。

「こういうことだ。おれの肌に絵を描いてもらいたいんだ、おれの背中に。で、その絵の上から刺青を彫るんだ。そうすりゃ、絵はそのままずっとそこに残る」

「とんでもないこと考えるんだね」

「刺青の彫り方は今から教えてやる。簡単だ。子供にだってできる」

「ぼくは子供じゃないよ」

「頼むから……」

「あんたってほんとに狂ってる。ほんとは何が望みなんだ？」若い絵描きは、ワインの酔いに光りながらもとろんとした、もうひとりの男の黒い眼を見上げた。「いったい何が望みなんだい？」

「簡単だって！　おまえならできる！　おまえならできるって！」

「できるって刺青のこと？」

「そう、刺青だ！　二分で教えてやれる！」

「無理だよ！」

「おまえはこう言ってるのか？　おれには自分が何を言ってるかもわかってないって」

いや、若者にそんなことは言えなかった。刺青のことをよく知っている者が誰かひとりいるとするなら、それはドリオリをおいてほかにいなかった。つい先月にもある男の腹一面を花だけで、眼を見はるような繊細な図案に仕上げたのがドリオリだったではないか。胸毛があまりにも濃かったために、ドリオリがクマの刺青を彫ってやり、胸毛がクマの毛皮のコートと化した客もいたではないか。貴婦人の肖像の刺青を絶妙な腕前で男の腕に彫り、その腕の筋肉が収縮するたび、貴婦人に命が吹き込まれ、見事に体をくねらせるようにしたのもドリオリの仕事だったではないか。

「ぼくが言ってるのは」と若者は言った。「あんたは酔っていて、あんたの考えは酔っぱらいの思いつきだってことさ」

「ジョジをモデルにすりゃいい。ジョジのスケッチをおれの背中に描くんだ。それともおれは背中に女房の絵を描いてもらう資格もない男か？」

「ジョジの？」

「そうだ」ドリオリは知っていた。妻の名前さえ口にすれば、若者の分厚くて茶色い唇がだらしなくゆるみ、震えだすことを。

「嫌よ」とジョジが言った。

「ジョジ、頼むよ。これを一本飲み干すんだ。そうすりゃ、もっとおおらかな気持ちになれる。これはとてつもない思いつきなんだから。これまでの人生で一度も思いついたことがないほどのな」

「どんな思いつきだっていうの？」

「こいつがおまえの絵をおれの背中に描くんだ。なあ、おれはそんな権利もない男か？」

「わたしの絵？」

「ヌードのスケッチだ」と若者が横から言った。「それなら悪くない思いつきだな」

「ヌードは駄目」とジョジは言った。

「これはとてつもない思いつきだって言っただろうが」とドリオリ。

「とんでもなくいかれた思いつきよ」とジョジ。

「いずれにしろ、思いつきであることに変わりはないね」と若者が言った。「祝う価値のある思いつきだよ」

彼らはさらにワインを一本空けた。若者が言った。「やっぱり無理だよ。刺青なんてぼくにできるわけがない。それはやめにして、絵をあんたの背中に描くだけにするよ。風呂にはいって洗い落とさなけりゃ、絵はそのまま残るんだから。一生風呂にはいらなきゃ、絵はずっとあんたのものだ、生きてるかぎり」

「それは駄目だ」

「駄目じゃないよ——風呂にはいろうと思う日が来たら、それはあんたがもうぼくの絵に価値を見いださなくなったということだ。いわばぼくの芸術へのあんたの思いを計るテストだな」

「そんなの、まるっきり駄目よ」とジョジが言った。「だってこの人のあなたの絵に対する思いってものすごいんだから。だから、きっと何年も体を不潔にすることになる。刺青を彫ることにしましょう。ただしヌードは駄目」

「じゃあ、首から上だけにしよう」とドリオリが言った。

「ぼくにはできないよ」

「いたって簡単だ。二分で手ほどきしてやる。すぐにわかるって。ちょっと出て道具を取ってくる。針とインクを。インクはいろんな色がいっぱいある——おまえの絵の具とおんなじくらいな。色自体はもっときれいだ……」

「ありえないね」

「いっぱいあるのはほんとだ。おれはいろんな色のインクを持ってるだろ、ジョジ？」

「ええ」

「すぐにわかるさ。今から取ってくる」ドリオリは椅子から立ち上がると、よろよろとはしていても固い決意を感じさせる足取りで部屋から出ていった。

三十分で戻ってきた。「すべてそろったぞ」彼はそう宣して茶色のスーツケースを振りかざした。「刺青師に必要なものはすべてこの中にある」

ドリオリはスーツケースをテーブルに置いて開くと、電気針とインクがはいった小壜を並べた。そして、電気針をコンセントにつないで手に持つと、スウィッチを入れた。器具の先端から突き出た長さ四分の一インチほどの針がうなり、すごい速さで上下に震えだした。ドリオリは上着を脱ぐと、シャツの左の袖をまくった。「さあ、見てろよ。どれほど簡単なものか見せてやる。腕のここに図案を彫るから」

ドリオリの前腕はすでに青い斑点で覆われていたが、痕が残っていない小さな部分を選んで試し彫りをした。

「まずインクを選ぶ——とりあえず普通の青を使おう——それから針の先をインクに浸す……そうして……針先をまっすぐ立てて皮膚の表面を軽く撫でる……こんなふうに……それで小さなモーターと電気の力で針が上下に動いて肌に穴が空き、そこにインクが染み込んで、見てのとおりだ。な、簡単だろ……腕のここにグレーハウンドの絵を描いたのがわかるだろ……」

若者は興味を持ったようだった。「試しにちょっと彫ってもいいかな——あんたの腕に」

うなる針を使い、若者はドリオリの腕に青い線を引きはじめると言った。「簡単だね。ペンとインクで描いているみたいだ。こっちのほうが遅いけど、それ以外はまったく変わらない」

「な、簡単だろ？　準備はいいか？　始められるか？」

「すぐにでも」

「さあ、モデルだ！」とドリオリは叫んだ。「来てくれ、ジョジ！」ドリオリは今や興奮の只中にいた。おぼつかない足取りながら室内をせかせか動きまわり、すべての準備を整えた。刺激的なゲームの用意をする子供さながら。「ジョジはどこにいればいい？どこに立たせればいい？」

「そこに立たせて。化粧テーブルの脇だ。髪を梳かしてる恰好で。肩まで垂れた髪を梳かしてるところを描くから」

「すばらしい。おまえは天才だ」

ジョジはしぶしぶ男たちのところまで歩くと、ワイングラスを手に化粧テーブルの脇に立った。

ドリオリはシャツを脱ぐとズボンまで脱ぎ、下着と靴下と靴しか身につけていない恰好でその場に立った。体毛がほとんど生えておらず、肌が白くて引き締まった小柄な体がゆっくりと左右に揺れた。「さあ、おれがキャンヴァスだ。おまえはキャンヴァスをどこへ置く？」

「いつもと同じだね。イーゼルの上だ」

「馬鹿を言うな。おれがキャンヴァスなんだぞ」

「だったら、イーゼルに乗っかってくれ。そこがあんたの居場所なんだから」

「どうやればそんなことができる？」

「あんたはキャンヴァスなのか、それともちがうのかい？」

「おれはキャンヴァスだ。段々キャンヴァスらしい気持ちになってきた」

「だったら、イーゼルに乗っかってくれ。むずかしいことでもなんでもないよ」

「はっきり言うけど、そんなのは無理だ」

「だったら、椅子に坐ってくれ。椅子をうしろまえにして坐って、その酔っぱらい顔を背もたれに乗せてくれ。さあ、ぐずぐずしないで。そろそろ始めるよ」

「準備はできてる。いつでもいいぞ」

「まずは」と若者は言った。「普通に絵を描く。それが自分で気に入ったら、その上から刺青を彫る」若者は太い絵筆でドリオリの肌に絵を描きだした。

「うおっ！　うおっ！」とドリオリは叫んだ。「馬鹿でかいムカデが背骨を這ってる！」

「じっとして！　じっとしててくれよ！」若者はてきぱきと筆を運んだ。あとで刺青を彫るときの邪魔にならないように淡いブルー一色で薄く描いた。その集中力は描きはじめたとたんに一気に高まり、酔いまですっかり醒めてしまったように見えた。手首はまったく動かさず、腕をすばやく突き出すような筆の運びで半時間たらずで描きおえた。

「いいよ。終わった」と若者はジョジに声をかけた。その声を聞くなり、ジョジは寝椅子に戻って体を横たえ、すぐに寝てしまった。

ドリオリはずっと起きていた。若者が針を手に取り、インクに浸すのを見つづけた。針が背中の皮膚に触れた瞬間、鋭利なものでちくりと刺された感覚があった。痛みはさほどではないものの、心地よいものとも言えず、そのため眠りに誘われることはなかった。針の動きを眼で追い、若者が使うさまざまな色を見て、自分の背中でおこなわれている作業を想像するのはけっこう面白かった。若者のほうはすさまじい集中力で作業を続けた。小さな機械とその機械によって生み出される成果にすっかり没頭していた。

機械は明け方近くまでうなりつづけ、若者は彫りつづけた。最後に彼が数歩うしろにさがり、「終わったよ」と声をかけてきたときには、外はもう明るくなっていた。人々が通りを行き交う音がしていた。ドリオリは今でもそのことを覚えている。

「見せてくれ」とドリオリは言った。若者は角度をつけて鏡を掲げた。ドリオリは首をひねり、鏡を見て叫んだ。

「これはたまげた！」驚くほどの出来栄えだった。肩甲骨の上部から背骨の下端まで背中一面、色が燃えていた――金、緑、青、黒、深紅。かなり深く彫られており、絵の具の厚塗りのように見えた。若者はもとの絵筆の運びをできるだけそのままなぞり、筆で描いた部分はひとつ残さず彫っていた。また、背骨や肩甲骨の突き出た部分を巧みに利用して、見事に作品の一部にしていた。それればかりか、手間のかかる不慣れな作業にあってさえ、自然さというものを醸し出すのに成功していた。その肖像画はまさに生きていた。スーチンのほかの作品の特徴――悩ましくねじれた作風――が実によく出ていた。生き写しのようなうまい肖像画というわけではない。描かれているのはモデルの姿形というよりむしろその雰囲気だ。実際、モデルの顔はぼんやりとしてゆがんでもいた。背景はうねるような筆使いの深緑で、顔のまわりで渦を巻いていた。

「すばらしい！」

「自分でも気に入ってる」若者はドリオリのうしろに立って、厳しい眼で刺青を見ながら言った。「そうだな、この出来栄えなら署名を入れてもいいね」そう言って、うなる機械をもう一度手に取ると、ドリオリの背中の右側、ちょうど腎臓があるあたりに、赤いインクで自分の名を彫った……

今や老人となったドリオリは恍惚となって立ち尽くし、画廊のショーウィンドウに飾られた絵を見つづけた。すべては遠い昔のことだ――まるで誰か別の人間の人生での出来事のようにすら思える。

しかし、あの若者は？　あいつはどうしたのだったか。ドリオリが戦争――最初の戦争――から帰ってくると、若者はもういなくなっていた。ドリオリはそのときジョジに尋ねたのを思い出した。

「おれのちっちゃなカルムイクはどこへ行った？」

「いなくなってしまった」とジョジは答えた。「どこへ行ったのかもわからない。でも、聞いた話だと、ある画商がパトロンになってくれて、その人がもっとたくさん絵が描けるようにセレへ遣ったんだって」

「まあ、戻ってくるだろう、たぶん」

「たぶんね。そういうことって誰にもわからないものよ」

ふたりが若者のことを話題にしたのはそれが最後だった。ふたりはほどなくルアーヴルに住まいを移した。ルアーヴルにはさらに多くの船乗りがいて、景気もよかったのだ。

そんなルアーヴルのことを思い出し、ドリオリは笑みを浮かべた。いい時代だった。二度の戦争にはさまれたあの頃。造船所の近くの小さな店。居心地のいい部屋。仕事は常に充分あり、腕に刺青を彫りたがる船乗りが毎日三人、四人、五人とやってきたものだ。ほんとうにいい時代だった。

そのあと二番目の戦争が始まり、ジョジが殺され、ドイツ人がやってくると、ドリオリは商売をたたまざるをえなくなった。誰も腕に刺青など彫りたがらなくなったのだ。商売替えするには、その頃にはもう歳を取りすぎており、ドリオリはパリに戻った。大都会に行けば風向きもよくなるのではないかというぼんやりとした望みを抱いて。それは空しい望みだった。

そして今。戦争は終わったものの、これまでと同じささやかな商売を再開しようにも、彼には資力もなければもう情熱もなかった。何をすればいいのか。その答を見つけることは老人にとってそう容易なことではない。物乞いだけはしたくないと思う者にとってはとりわけ。しかし、ほかに何をすれば生きていける？

まだ絵を見ながらドリオリは思った。そうか、これがおれの可愛いカルムイクなのか。こんな小さなものを見ただけで、またたくまに記憶が呼び戻されるとは。ついさきほどまで、背中に刺青を彫っていることさえ忘れていたのに。刺青のことなどもう何年も考えたことすらなかったのに。ドリオリは顔をショーウィンドウになお一層近づけ、画廊の中をのぞき込んだ。壁には何枚もの絵が掛けられていたが、そのすべてが同じ画家の手による作品のようだった。大勢の客がゆっくりと見てまわっていた。特別な個展が開かれているのは明らかだった。

突然の衝動に突き動かされ、ドリオリは振り向くと画廊のドアを開け、中に足を踏み入れた。

画廊はかなり奥行きがあり、ワインカラーのふかふかしたカーペットが敷きつめられていた。なんと美しく、なんと暖かいことか！　人々はゆっくりと歩を進め、絵画を鑑賞していた。みな垢抜け、品がよく、それぞれが図録を手にしていた。ドリオリはドアのすぐ内側に立ったまま、落ち着きなくあたりを見まわした。思いきってさらに中にはいり、この人々の中に自分をまぎれ込ませようかと思案した。が、勇気を振りしぼるまえにそばから声をかけられた。「どういった用件かな？」

声の主は黒いモーニングコートを着ていた。肥った小柄な男で、肉づきはいいのにとても青白い顔をしており、両頰がしまりなく口元まで垂れて、二枚の肉片と化しているさまは猟犬のスパニエルを思わせた。男はドリオリに近づくと繰り返した。「どういった用件かな？」

ドリオリはじっと立っていた。

「申しわけないが」と男は言っていた。「ここは私の画廊だ。出ていってもらえないかな」

「絵を見るのも駄目なのかい？」

「出ていってもらいたいと言ってるんだ」

ドリオリは一歩たりとも動かなかった。突然、やり場のない激しい怒りを覚えた。

「手間をかけさせないでくれ」と男は言った。「さあ、こっちだ」男は白くてぶよぶよした豚みたいな手をドリオリの腕に置いて、有無を言わせず、ドアのほうに押しやった。

それが最後の一押しとなった。「その小汚い手を放せ！」とドリオリは叫んだ。その声は画廊の奥まで響き渡り、全員の頭が一斉に振り向けられた——全員の驚き顔が画廊の端で奇声を発した男に向けられた。使用人が主人を助けようと走り寄り、主人とふたりでドリオリをドアから追い出しにかかった。人々はじっと佇み、その小競り合いを眺めた。しかし、彼らの表情からはわずかな関心しかうかがえなかった。心の中でこんなことを言っているかのようだった。「どうということはない。こちらに危害が及ぶことはない。ちゃんと対応してくれている」

「おれだって！」とドリオリは叫んでいた。「おれだってこの画家の絵を持ってるんだ！　あいつはおれの友達だった。あいつがくれた絵だ！」

「いかれてる」

「いかれてる。まったくもっていかれてる」

「誰か警察を呼んだほうがいいんじゃないか」

ドリオリは体をすばやくひねると、ふたりの男の手をいきなり振りほどき、ほかの者に制止されるまえに駆けだして叫んだ。「見せてやる！　見せてやる！　おまえらに見せてやる！」そう言ってコートを脱ぎ捨て、ジャケットとシャツも取ると、体の向きを変えた。剝き出しの背中が人々に向けられた。

「どうだ！」とドリオリは息を切らせながら叫んだ。「わかったか！　これを見ろ！」

画廊全体が一瞬にしてしんと静まり返った。誰もがそれまでの動きを止め、ショックと不安がもたらす戸惑いのようなものに包まれてその場に立ち尽くした。みな刺青の絵をじっと見ていた。あの絵はまだそこにあった。色の鮮やかさももとのままだった。ただ、ドリオリの背中は齢《よわい》を重ねてすっかり小さくなり、肩甲骨も昔よりごつごつしており、決定的とは言えなくてもその影響が出ていた。妙な皺が寄り、いくらか押しつぶされたような絵になっていた。

誰かが言った。「なんてことだ、でも、まちがいない！」

興奮とざわめきが起きた。人々が波のように押し寄せ、老人を取り囲んだ。

「まちがいない！」

「初期の画風じゃないか？」

「すばらしい、実にすばらしい！」

「見て。署名まである！」

「肩を曲げて少し屈んでくれないかな。そうすれば絵が伸びて平たくなる」

「ご老人、これが描かれたのはいつのことです？」

「一九一三年だ」とドリオリは振り向きもせずに答えた。「一九一三年の秋だ」

「誰がスーチンに刺青を教えたんです？」

「おれだ」

「じゃあ、この女性は？」

「おれの女房だ」

画廊のオーナーが大勢の客を掻き分け、ドリオリに近づいてきた。ドリオリはもうすっかり落ち着きを取り戻し、いたって真顔で、口元には笑みさえ浮かべていた。「ムッシュー」と画廊のオーナーが言った。「私が買います」顎を動かすたび、オーナーの顔のたるんだ脂肪がぶるぶると震えるのがドリオリにも見えた。「それを買おうと言ったんですが、ムッシュー」

「どうやって買うんだね？」とドリオリはおだやかな声音で訊き返した。

「その絵に二十万フラン出しましょう」オーナーの眼は小さくて黒く、横に張り出した小鼻がぴくぴくと震えていた。

「やめたほうがいい」客の中の誰かがぼそっと言った。「その二十倍の値打ちはある」

ドリオリは口を開き、しゃべろうとした。が、ことばがまるで出てこなかった。口を閉じてからまた開くとおもむろに言った。「いったいどうやったら売れる？」ドリオリは両腕を上にあげると、だらりと脇に落とした。「ムッシュー、いったいどうしたらおれはこれを売ることができる？」その声には世界じゅうのありとあらゆる悲しみが込められていた。

「そうだ！」画廊の客たちも声をあげた。「どうやったら売れる？　彼の体の一部じゃないか！」

「まあ、聞いてください」と画商はドリオリにさらに近づいて言った。「あなたを助けてあげます。あなたをお金持ちにしてあげます。ふたりでちょっとした取り決めをしましょう。この絵に関して。どうです？」

ドリオリは動きの鈍い不安げな眼で画商を見て言った。「でも、あんたはいったいどうやってこれを買うと言うんだ、ムッシュー？　買ったら買ったでそれをどうする？　どこに保管する？　今夜はどこに保管する？　明日はどこに？」

「ああ、どこに保管するか。なるほど。どこに保管するか。どこにしましょう？　そう、そうですね……」画商は太く白い指で鼻梁をこすった。「私がその絵を手にするということはあなたも一緒に手にすることになる。その点は厄介ですね」画商はそこでことばを切ると、また鼻をこすった。「あなたが亡くなるまでは絵そのものにはなんの価値もない。お歳はおいくつですか？」

「六十一だ」

「でも、あなたはそれほど丈夫というわけでもなさそうだ。ちがいますか？」画商は鼻から指を離すと、ドリオリを頭のてっぺんから爪先までとくと眺めた。まるで年老いた馬を品定めする農夫のように。

「気に入らない」とドリオリは言うと、じりじりと画商から離れた。「はっきり言って気に入らないよ、ムッシュー、とことん気に入らない」ドリオリはさらにあとずさりして、背の高い男の腕の中にそのまま飛び込む恰好になった。男は両腕を差し出し、ドリオリの両肩をそっとつかんだ。ドリオリは振り向いて非礼を詫びた。男は笑みで応じると、カナリア色の手袋をはめた手で安心させるようにドリオリの剝き出しの肩を軽く叩いて言った。

「聞いてください、ご老体」まだ笑みを浮かべていた。「泳いだり、日光浴をしたりするのはお好きですか？」

ドリオリはいささか驚いて男を見上げた。

「美味しい料理やボルドー産の上等な赤ワインは？」男は丈夫そうな真っ白な歯をのぞかせ、まだ微笑んでいた。歯の中で金《きん》がきらりと光った。男は手袋をはめた手をドリオリの肩に置いたまま、やさしくなだめるような声で言った。「今申し上げたものはお好きですか？」

「そりゃまあ――好きだよ」とドリオリはまだひどく困惑しながらも言った。「あたりまえだろうが」

「じゃあ、美女の一団というのは？」

「嫌いなわけがない」

「あなたのサイズに合わせて誂えたスーツやシャツでいっぱいのクロゼットは？　着るものにはいささかお困りではないかと思いますが」

ドリオリはこの人あたりのいい男をまじまじと見ながら、さらに続く申し出を待った。

「足のサイズに合わせて靴を特別注文でつくったことは？」

「ないよ」

「お望みですか？」

「そうだなあ……」

「では、毎朝、髭を剃ってもらい、髪を梳かしてもらうというのは？」

ドリオリは突っ立ったままぽかんと口を開けた。

「ぽっちゃりとした魅力的な女性にマニキュアを塗ってもらうというのはいかがでしょう？」

客のあいだから忍び笑いが洩れた。

「朝、ベッドの脇の呼び鈴を鳴らすと、メイドが食事を持ってきてくれるのは？　そういうことはお好きですか、ご老体？　心をくすぐられますか？」

ドリオリはじっと突っ立ったまま、ただ男を見ていた。

「実は私、カンヌの〈オテル・ブリストル〉のオーナーをしております。ご招待いたしますので、是非ともお越しいただき、私の賓客として残りの人生を贅沢に快適にお過ごしいただきたいのです」男はそこでことばを切ると、この胸躍るような計画の風味を味わう時間を聞き手に与えた。

「ただ、ひとつだけお務めがあります――いや、むしろお愉しみと言いましょうか――

うちのホテルのビーチでは水着姿のまま過ごし、泊まり客のあいだを歩いたり、日光浴をしたり、泳いだり、カクテルを飲んだりしていただきたいのです。いかがです？」

ドリオリは返事ができなかった。

「おわかりになりませんか——そうすれば、宿泊客はみなスーチンの手になるこの魅惑的な絵を鑑賞することができるというわけです。あなたは有名になり、人々は口々に言うでしょう、〝ほら、あそこにいるのが一千万フランを背負った男性だ〟とね。私のこの思いつき、気に入っていただけましたでしょうか、ムッシュー？　お気に召しましたか？」

ドリオリはカナリア色の手袋をはめた背の高い男を見上げた。これは何かの冗談ではないのかとまだ半信半疑だった。「なんとも滑稽な思いつきだけど」とドリオリはおもむろに言った。「でも、あんた、本気で言ってるのか？」

「もちろん、本気ですとも」

「待ってください」さきほどの画商が割り込んできた。「いいですか、あなた。われわれの問題には解決策があります。その絵を買ったら、外科医を手配します。その外科医に背中の皮膚を剝がしてもらうんです。そうすればあなたはもう自由です。私がお支払いする大金で、自由気ままに愉しい人生が送れます」

「背中に皮膚がなくても？」

「いや、いや、ちがいます！　あなたは誤解なさってる！　古い皮膚を取り除いたところには外科医が新しい皮膚を移植します。簡単なことです」

「そんなことが医者にできるのかい？」

「造作のないことです」

「そんなのは不可能だ！」とカナリア色の手袋の男が言った。「そんな大きな皮膚移植の手術を受けるにはこの方は歳を取りすぎている。そんな手術を受けたら死んでしまう。ご老体、そんなことをしたらあなたは死んでしまいます」

「死んでしまう？」

「当然です。生き残れるわけがない。生き残るのは絵だけです」

「冗談じゃない！」とドリオリは叫ぶと、自分を見ている人々の顔をひどく怯えた眼で眺めまわした。沈黙が過ぎ、人垣の後方から男のひそかな声が聞こえてきた。「金をたんまり払おうなんて者が現われたら、もしかしたらこのご老人はその場で自殺することさえ承知しかねない。ありえない話じゃないよ」数人が忍び笑いを洩らした。画商は落ち着かなげにカーペットの上で足をもぞもぞさせた。

カナリア色の手袋の手がまたドリオリの肩を軽く叩いた。「さあ」男は白い歯が印象的な笑みを満面に浮かべて言った。「これからふたりで贅沢なディナーといきましょう。食事をしながら、この件についてもう少し話し合いましょう。どうです？　お腹はすいていませんか？」

　ドリオリは男を見つめ、眉をひそめた。男の長くてしなやかな首も、話すときにそれを蛇のようにまえに伸ばす仕種も気に入らなかった。

「ローストダックにシャンベルタン（ブルゴーニュ産の赤ワイン）」と男は言っていた。いかにも相手をその気にさせるようにことばに抑揚をつけ、そのことばを舌で弾き飛ばすようにして話していた。「それに、泡のようにふんわりとしたスフレ・オ・マロンも」

　ドリオリは天井を仰いだ。口がだらしなく開き、唇が唾で濡れていた。この哀れな老人が文字どおり涎《よだれ》を垂らしかけているのは誰の眼にも明らかだった。

「ダックの焼き方はどういうのがお好みですか？」と男は続けて言った。「外側をキツネ色にこんがり焼いてぱりぱりにしたやつか、それとも……」

「行くよ」とドリオリは口早に言った。言ったときにはもうシャツを拾い上げ、慌てふためいて頭からかぶろうとしていた。「待ってくれ、ムッシュー。今行くから」その一分後にはもうドリオリは新しいパトロンとともに画廊から姿を消していた。

　その後、何週間も経たないうちに、女性の頭部をただならぬ筆づかいで描いたスーチンの絵がブエノスアイレスで売りに出された。分厚いニスがかけられ、見事な額に収められて。そのことと、カンヌには〈ブリストル〉などというホテルは存在しないという事実には、誰しも驚かされるだろう。そして、老人の無事を祈りたくなることだろう。心から願いたくなるはずだ。今このとき、老人がどこにいようと、彼のそばにはマニキュアを塗ってくれるぽっちゃりとした魅力的な女性と、毎朝、食事をベッドまで運んでくれるメイドがいることを。

毒
Poison

家に着いたのは真夜中の零時前後だったと思う。平屋《バンガロー》の門に近づいたところで、私はヘッドライトのスウィッチを切った。ヘッドライトを寝室の窓に向けて光を中に射し込ませ、ハリー・ポープを起こしたりしないように。しかし、そんな心配は無用だった。車寄せに車を乗り入れると、寝室の明かりがまだついているのが見えた。ハリーはまだ起きていた。本を読みながらうたた寝でもしていないかぎり。

車を停め、最上段までのぼったあと空足《からあし》を踏んだりしないよう、暗闇の中、慎重に段数を数えながら、バルコニーにあがる五段の階段をのぼった。バルコニーを通り、網戸を開けて家にはいると、玄関ホールの明かりをつけてから、ハリーの部屋のまえまで行った。そっとドアを開けて中をのぞいた。

ハリーはベッドに横になっていたが、まだ寝てはいなかった。それでも、まったく動かなかった。顔さえ向けようとしなかった。ただ、声がした。「ティンバー、ティンバー、こっちに来てくれ」

ハリーはゆっくり話していた。注意深く、単語ひとつひとつを区切って囁いていた。私はドアを大きく開けると、急いでベッドに近づきかけた。

「来るな、待ってくれ、ティンバー」何を言っているのか、ほとんど聞き取れないほど小さな声だった。とてつもなく緊張して、ことばを口にしているように見えた。

「いったいどうしたんだ、ハリー?」

「しぃっ!」と彼は小声で制した。「しぃっ! 後生だから音を立てないでくれ。こっちに近づくまえに靴を脱いでくれ。頼むから言うとおりにしてくれ、ティンバー」

その話し方に私は腹を撃たれたときのジョージ・バーリングを思い出した。バーリングは、予備の飛行機エンジンを収めた木箱にもたれて立っていたのだが、両手で腹を押さえ、ドイツ軍パイロットのことをなにやら言ったのだった。しぼり出すような囁き声で。今ハリーが話しているのとそっくりのかすれた声で。

「急いでくれ、ティンバー。でも、まずは靴を脱いでくれ」

どうして靴を脱がなければならないのか。それはよくわからなかったが、しゃべり方から察せられるほど具合が悪いのなら、調子を合わせたほうがよさそうだと思い、私はかがんで靴を脱ぐと、床の真ん中に脱いだままにして、ハリーのベッドに近づいた。

「ベッドに触るな！　頼むからベッドには触ってくれるな！」ハリーはあいかわらず腹を撃たれたような声で話していた。見ると、ベッドに仰向きに横たわり、体の四分の三ほどにシーツを一枚掛けていた。着ているのは、青と茶と白の縞模様のパジャマ。玉のような汗をかいていた。暑い夜のことで、私自身いくらか汗をかいていたが、ハリーのかきようはかけ離れていた。顔全体が水をかぶったようで、枕も頭のまわりがぐっしょりと湿っていた。ひどいマラリアの発作に思えた。

「どうしたんだ、ハリー？」

「アマガサヘビ（猛毒を持つコブラ科のヘビ）だ」とハリーは言った。

「アマガサヘビ！　なんてこった！　どこを咬まれた？　やられてどれぐらい経つ？」

「静かに！」とハリーは小声で言った。

「いいか、ハリー」と私は言い、上体をまえに傾げて彼の肩に触れた。「急がなきゃ。さあ、いいね、急ぐんだ。どこを咬まれたのか言ってくれ」ハリーは身じろぎもせず、体をこわばらせ、ベッドに横になったままだった。まさに鋭い痛みを必死でこらえているようだった。

「まだ咬まれてはいない」とハリーは囁き声で言った。「今のところは。腹の上にいるんだ。そこで眠ってる」

私はすばやく一歩さがった。そうせずにはいられなかった。そして、ハリーの腹を――というより彼の腹を覆っているシーツを――じっと見た。シーツにはところどころ皺が寄っており、その下に何かいるかどうかはわからなかった。

「腹の上に今、アマガサヘビが乗ってるなんて、まさか本気で言ってるんじゃないだろうね？」

「誓ってもいい」

「だったらどうやって、そんなところに乗ったんだ？」この質問はするべきではなかった。ハリーがふざけてなどいないことは一目瞭然だったから。質問をするのではなく、むしろ、もうひとこともしゃべるな、とでも言うべきだった。

「本を読んでたんだ」とハリーは言った。その話し方はきわめてゆっくりとしていた。腹の筋肉を動かさないよう、順に一語ずつ取り出しては、用心しいしい口に出すといったふうだった。「仰向きに寝転がって読んでたら、胸のあたりに何か感じたんだ。本の向こうに。くすぐられるような感覚だった。そしたら、あの小さなアマガサヘビがパジャマの上を這ってるのが眼の端に見えたんだ。小さなやつだ。十インチほどの。動いちゃいけないと思った。どのみち動けやしなかったけど。寝たままじっと見てるしかなかった。シーツの上を這っていくだろうと思ったんだ」ハリーはそこで口をつぐむと、しばらく黙り込んだ。そして、眼を落として体に視線を這わせ、シーツで覆われている腹を見つめた。囁いたことで、そこに寝ているものを起こしてしまってはいないかどうか確かめたのだろう。

「シーツには折り目がついてた」とハリーは続けた。そのときにはそれまで以上にゆっくりと、どこまでも小さな声で話しており、聞き取るには体を寄せなければならなかった。「見えるだろ、折り目はまだそのまま残ってる。その折り目の下にもぐったんだ。パジャマを通して感じられた。腹の上をそいつが這って進むのを。そのあと動きが止まった。今そいつはそこのぬくもりの中で寝そべってる。たぶん眠ってるんだろう。だから、ぼくはずっときみを待ってたんだ」ハリーは眼を上げて私を見た。

「どれくらい？」

「何時間も」とハリーは囁いた。「何時間も。くそ何時間も。もうこれ以上じっとしてはいられない。咳がしたくてたまらないんだ」

ハリーの話に疑問の余地はほとんどなかった。実のところ、アマガサヘビのそうした行動は珍しいことでもなんでもない。このヘビは人家の周辺に生息し、温かな場所を好むからだ。むしろハリーがまだ咬まれていなかったことのほうが驚きだった。咬まれたら、すぐに手当てをしないかぎり、まず致命傷となる。そのためベンガルでは毎年かなりの人が命を落としている。多くは田舎で。

「わかった、ハリー」と私は言った。今や私のほうもひそひそ声になっていた。「動くんじゃないぞ。それから、どうしても必要でないかぎり、これ以上もう話すな。知ってるだろ？　怖がらせなければヘビは咬まない。すぐになんとかなるさ」

私は靴を脱いだまま寝室をそっと抜け出すと、台所で鋭い小ぶりのナイフを見つけ、まだ策を練っている最中に最悪の事態になったらすぐにでも使えるよう、ズボンのポケットに忍ばせた。もしハリーが咳をしたり、動いたり、何かアマガサヘビを怖がらせるような真似をして咬まれたら、ただちに咬まれたところを切開して毒を吸い出すつもりだった。寝室に戻ると、ハリーはあいかわらず顔じゅう汗まみれで、じっと静かに横たわったまま、部屋を横切ってベッドに近づく私を眼で追った。私は何をしていたのか。彼がそのことを考えているのは明らかだった。私は最善策を考えながら、ベッド脇に立って言った。

「ハリー」そのときにはもう、目一杯かすかな囁き以上の声を出さなくてもすむよう、ほとんど彼の耳に口をつけるようにして話していた。「一番いいのは、ぼくがシーツをそろりそろりと剥がすことだと思う。そうすれば、まずは眼で確かめられる。そいつを起こさずにやれると思う」

「馬鹿なことを」ハリーの声には感情のかけらもこもっていなかった。個々の単語をあまりにゆっくり、あまりに慎重に、あまりに静かに口に出すので、感情を込めようにも込められないのだ。感情は眼と口元に表われていた。

「どうして？」

「光にそいつが驚く。シーツの下は暗いんだから」

「じゃあ、シーツをさっとめくって、咬むよりすばやく払いのけるっていうのは？」

「なんで医者を呼ばない？」とハリーは言った。その眼は私のほうがまずそのことに気づくべきだと告げていた。

「医者。そうか、それだ。ガンデルバイを呼ぼう」

私は玄関ホールまで爪先立ちして歩き、ガンデルバイの番号を電話帳で調べると、受話器を取って、急いでつなぐよう交換手に伝えた。

「ドクター・ガンデルバイ」と私は言った。「ティンバー・ウッズだけど」

「こんばんは、ミスター・ウッズ。まだ起きていらしたんですか？」

「聞いてくれ。すぐに来てくれないか？　血清を持ってきてくれ――アマガサヘビ用の」

「咬まれたのは誰です？」鋭く発せられたその質問は小さな爆弾のように私の耳に響いた。

「誰も咬まれちゃいない。今のところは。だけど、ハリー・ポープがベッドにいて、ハリーの腹の上にそいつがいるんだ——彼の腹とシーツのあいだで眠ってる」

ほぼ三秒ばかり電話の向こうから何も聞こえてこなかった。そのあと、ゆっくりと——そのときにはもう爆弾のようにではなく、ゆっくりと、明瞭に——ガンデルバイは言った。「じっとしているように伝えてください。動いても、話してもいけないと。わかりました？」

「ああ、もちろん」

「すぐ行きます！」ガンデルバイは電話を切り、私は寝室に戻った。ハリーの眼がまたベッドに近づく私を追った。

「ガンデルバイが来る。じっとしているようにと言ってた」

「いったいあいつはぼくが何をすると思ってるんだ！」

「おいおい、ハリー、彼はしゃべっちゃ駄目だと言ってた。絶対にしゃべらないようにって。ぼくたちふたりとも」

「だったら、きみも黙ったらどうだ？」ハリーがそう言うあいだに、彼の片方の口の端が下方向に小刻みに震えだした。それは彼が口をつぐんだあともしばらく止まらなかった。私はハンカチを取り出して、彼の顔と首すじの汗をそっと拭った。筋肉――ハリーが笑みを浮かべるときに使っている筋肉――の上を拭うと、かすかに痙攣しているのがハンカチ越しに指に伝わってきた。

私はそっと寝室を抜け出して台所に向かい、アイスボックスから氷を取り出すと、ナプキンに包んで細かく砕いた。彼の口元の動きが気になったのだ。さらに言えば、彼の話し方も。寝室に氷嚢を運んでハリーの額にのせた。

「これで少しは涼しくなる」

ハリーはぎゅっと眼を閉じると、歯の隙間から鋭く息を吐いて囁いた。「どけろ。咳が出る」彼の〝微笑筋〟がまた痙攣しはじめた。

ヘッドライトの光が窓から射し込んできた。ガンデルバイの車が車寄せをまわって、バンガローの玄関前で停まったのだ。私は両手に氷嚢を抱えたまま迎えに出た。

「どんな様子です？」ガンデルバイは訊いてきた。話をするのに立ち止まろうとはしなかった。私の脇をすり抜けてバルコニーを横切ると、網戸を開けて玄関ホールにはいった。「どこにいるんです？　どの部屋です？」

ガンデルバイは玄関ホールの椅子の上に鞄を置くと、私のあとからハリーの部屋にはいった。靴底の柔らかな寝室用スリッパを履いており、用心深い猫のように、音を立てずにそっと歩いていた。ハリーはそんなガンデルバイを眼の端でじっと見ていた。ガンデルバイはベッドのところまで来ると、ハリーを見下ろし、自信に満ちた、頼り甲斐のある笑みを浮かべてうなずいた。大したことではないから心配しないで、ドクター・ガンデルバイに任せなさいと言わんばかりに。そうしてからハリーに背を向けると、玄関ホールに戻った。私もあとに従った。

「まずすべきなのは血清を体内に入れることです」とガンデルバイは言うと、鞄を開けて準備を始めた。「静脈注射で。でも、手ぎわよくやらなければなりません。彼には体をぴくりとも動かしてほしくありませんからね」

私たちは台所に行った。ガンデルバイは注射針を消毒すると、片手に皮下注射器、もう一方の手に小瓶を持って、注射針を瓶のゴム栓に突き刺し、プランジャーを引いて、シリンジに淡い黄色の液体を吸い上げた。それから、その注射器を私に手渡して言った。

「渡してほしいと言うまで持っていてください」

ガンデルバイは鞄を手に持った。私たちは一緒に寝室に戻った。ハリーの眼は今やぎらつき、大きく見開かれていた。ガンデルバイはそんなハリーの上に上体をかがめ、きわめて慎重に——あたかも十六世紀に編まれたレースを扱う男のように——ハリーの腕を動かすことなく、パジャマの袖を肘までまくりあげた。そうしながらも充分ベッドから離れて立っているのに私は気づいた。

囁くようにガンデルバイが言った。「これから注射をします。血清です。ちくっとしますが、動かないでください。お腹の筋肉をこわばらせないように。力を抜いていてください」

ハリーは注射器を見やった。

ガンデルバイは鞄から赤いゴムのチューブを取り出すと、一方の端をハリーの二の腕まで持っていって巻きつけた。ついでチューブをきつく引っぱって結ぶと、剝き出しになった前腕の一点をアルコールに浸した綿で拭き、それを私に渡して、かわりに注射器を手に取った。それから注射器を光にかざし、眼をすがめるようにして目盛を読み取り、淡黄色の液体を針からいくらかほとばしらせた。私は彼の横に立って、その一部始終を見守った。ハリーもまた見ていた。その顔全体に玉の汗をかいていた。その汗がてらてらと光り、まるで塗りたくったフェイスクリームが皮膚の上で溶けだし、枕にまでしたたっているかのようだった。

ハリーの前腕には青い静脈が浮かんでいた。駆血帯を巻かれてすでに膨らんでいた。

その血管の上に針が近づけられた。ガンデルバイは注射器をハリーの腕とほぼ平行にして、針を皮膚の下の青い静脈に斜めに刺した。針はゆっくりと、しかし、確実に、まるでチーズに突き刺されたかのようにすんなりとはいった。ハリーは天井を見て眼を閉じ、ほどなくまた眼を開けたが、体はまったく動かさなかった。

注射を終えると、ガンデルバイは上体をかがめ、ハリーの耳元に口を寄せて言った。

「これでもう咬まれても大丈夫です。でも、動いてはいけません。動かないでください。すぐ戻ります」

ガンデルバイは鞄を持って部屋を出ると、玄関ホールに向かった。私もそのあとに続いた。

「もう安心していいんだね？」と私は尋ねた。

「いいえ」

「それでも、これで心配はどれぐらいなくなった？」

小柄なインド人の医者は玄関ホールに立ったまま下唇を指でこすった。

「注射が彼を毒から守ってくれるはずだよね？」と私はさらに言った。

彼は私に背を向けると、ヴェランダに出る網戸のほうへ歩いた。そのまま出ていくのかと思ったが、戸口のまえで足を止めると、立ったまま外の闇を見つめた。

「血清はよく効くんじゃないのかい？」と私は尋ねた。

「残念ながら、そうでもないんです」と彼は振り向きもせずに答えた。「効くかもしれないし、効かないかもしれません。だから、ほかに打つ手はないかと考えているところです」

「シーツをめくり上げて、咬みつく隙を与えずに払い落とすというのは？」

「駄目です！　われわれには危険を冒す権利はありません」医者はぴしゃりとそう言った。普段よりいくぶん甲高い声になっていた。

「だけど、あのまま寝かせておくわけにはいかないよ」と私は言った。「どんどん落ち着きをなくしてるんだから」

「待ってください！　待って！」と彼は言うと、両手を上げて私のほうに向き直った。「そう急《せ》かさないでください。これは猪突猛進すればそれですむような問題じゃないんだから」医者はハンカチで額の汗を拭うと、立ったままむずかしい顔で唇を噛んだ。

そのあとしばらくしてようやく口を開いた。「そう、ひとつ方法があります。つまるところ、われわれがやらなければならないのは――問題の生きものに麻酔薬を与えることです」

すばらしい考えに思えた。

「保証はできません」と彼は続けた。「なぜなら、ヘビは冷血動物ですからね。麻酔薬はそうした動物には効きにくかったり、すぐには効かなかったりします。でも、やるべきこととしてはほかのどんなことよりいいことです。エーテルか……クロロフォルムか……」彼はゆっくりと話していた。話しながら決断しようとしているようだった。

「どっちを使う？」

「クロロフォルム」と彼はすぐさま答えた。「ごく普通のクロロフォルム。それがいちばんいいですね。さあ、急いで！」そう言って、彼は私の腕を取ると、バルコニーのほうへ引っぱった。「車で私の家まで行ってください！ あなたが着くまでに電話で息子を起こして、着いたら劇薬の薬戸棚まで案内させます。これが薬戸棚の鍵です。クロロフォルムの瓶を取ってきてください。オレンジ色のラベルに薬品名が印刷されています。何かあるといけないので、私はここに残ります。さあ、早く、急いでください！ 駄目、駄目、靴なんか履かなくてもいいから！」

私は急いで車を走らせ、十五分ほどでクロロフォルムの瓶を取ってきた。ガンデルバイはハリーの部屋から出てくると、玄関ホールで私を迎えて言った。「ありました？ いいです、いいです。何をするか、ちょうど今彼に話したところです。とにかく急がなくては。あんなふうにいつまでもじっとしていられるものではないですからね。彼が動くことがなにより心配です」

ガンデルバイはハリーの部屋に引き返した。私も瓶を両手で慎重に持って、そのあとに続いた。ハリーは頬の両側に汗をしたたらせながら、それまでと寸分たがわぬ恰好でベッドに横たわっていた。顔は青ざめ、汗まみれだった。私に眼を向けたので、微笑んで大きくうなずいてみせた。それでもまだ私を見つめているので、親指を立てて、大丈夫だとサインを送った。ハリーは眼を閉じた。ガンデルバイはベッドのそばにしゃがみ込んでいた。その横の床の上には、さきほど駆血帯として使った中が空洞のゴムのチューブが置かれていた。その一方の端に小さな紙の漏斗が挿し込まれていた。

ガンデルバイはシーツをつまむと、マットレスの下から引っぱり出しはじめた。ベッドで言えばハリーの腹があるのと同じ位置、彼の腹から十八インチほど離れたところのシーツを引っぱっていた。私はシーツの端をそっと引っぱる彼の指をじっと見つめた。が、その動きがあまりにゆっくりしているので、指にしろ、引っぱられているシーツにしろ、何かしらの動きを眼でとらえることはほとんどできなかった。

それでも、ようやくシーツの下にうまく隙間をこしらえると、彼はゴムのチューブを手に取り、一方の端をその隙間に挿し込んだ。そこからハリーの体のほうへ、シーツの下を――マットレスの上を――這わせていこうというわけだ。ほんの数インチ押し込むのに、彼はどれほど時間をかけただろう？　私にはわからない。二十分だったかもしれない。あるいは、四十分だったかも。いずれにしろ、チューブが動くところは一度も見なかった。チューブが動いているのがわかったのは、見えている部分がだんだん短くなっていたからだ。しかし、ヘビにはそのどこまでもかすかな振動が感知できなかったのだろう。ガンデルバイ自身も今や汗をかいており、額一面と鼻の下に大粒の汗が吹き出していた。しかし、その手は揺るぎなかった。また、手にしたチューブではなく、ハリーの腹の上に掛けられたシーツから、眼をいっときも離さなかった。

その眼を上げもせずに、片手を私のほうに伸ばすと、彼はクロロフォルムを要求した。私は磨りガラスの栓をひねって抜いてから瓶ごと手渡し、彼がしっかり握ったのを確かめてから手を放した。ガンデルバイはそこで頭を振って、近づくよう私に合図し、小声で言った。「彼に伝えてください。今からマットレスを濡らすので、体の下がとても冷たくなります。それでも心の準備をして、絶対に動かないようにと。さあ、話してください」

私はハリーのほうに上体をかがめ、言われたことを伝えた。

「なんでさっさとやらないんだ？」とハリーは言った。

「今やろうとしてるんだよ、ハリー。でも、すごく冷たく感じるはずだから、それは心

してお け よ」

「ああ、まったく。なんでもいいからさっさとやってくれ!」ハリーは初めて声を荒らげた。ガンデルバイはさっと顔を上げると、数秒間ハリーに眼をくれた。が、そのあとすぐにまた自分の仕事に戻った。

クロロフォルムを紙の漏斗に数滴垂らし、液体がチューブの中を流れるのを待った。さらにもう少し注いで、また待った。部屋じゅうにクロロフォルムの不快で濃厚なにおいが広がった。そのにおいは嫌な記憶をかすかに呼び覚ました。白衣の看護婦たちと白衣の軍医たちが白い部屋で、白い長テーブルを囲んで立っていたときの記憶だ。ガンデルバイはまだ一定の速度で液体を注ぎつづけていた。紙の漏斗の上で、大量に気化するクロロフォルムの蒸気が煙のようにゆっくりと渦を巻いているのが見えた。ガンデルバイは手を止めると、瓶を持ち上げて明かりにかざし、最後に漏斗になみなみと注いでから、私に瓶を手渡した。それから、ゆっくりとシーツの下からゴムのチューブを引き出し、立ち上がった。

チューブを挿し込み、クロロフォルムを注ぐ作業にともなう緊張は、相当なものだったにちがいない。ガンデルバイが私を見て、囁きかけてきた声がいかにもか細く、疲れきった声だったのを私は今でも覚えている。「このまま十五分待ちましょう。念のために」

私は身をかがめてハリーに言った。「このまま十五分待つそうだ。念のために。でも、たぶんヘビはもう薬にやられてるよ」

「だったら、なんでさっさと確かめないんだ！」彼はまた声を荒らげた。ガンデルバイはすばやく振り返った。焦げ茶色の小さな顔から激しい怒りがいきなりほとばしった。彼はほとんど混じりけのない黒い眼をしており、その眼でハリーを睨んでいた。ハリーの〝微笑筋〟がまた引き攣《つ》りはじめた。私はハンカチを取り出して、ハリーの汗まみれの顔を拭いた。拭きながら額を軽く撫で、努めて彼の気持ちをなだめた。

私もガンデルバイもベッドの脇に立ったまま時間が過ぎるのを待った。ガンデルバイはその間ずっと真剣な眼で食い入るようにハリーの顔を見ていた。この小柄なインド人の医者は自らの意志を総動員して、ハリーをじっとさせておこうとしていた。一度たりと患者から眼を離さなかった。さらにひとことたりと発さなかったのだが、どういうわけかずっとハリーに向かって叫んでいるように見えた――〝いいですか、よく聞いてください。せっかくここまで来たのに台無しにしないでください。わかりましたね〟と言っているかのように。ハリーのほうは横になったまま、口元を引き攣らせ、汗をかき、眼を閉じたり開けたりして、視線を私、シーツ、天井、また私、とさまよわせていた。

ガンデルバイのほうだけは決して見ようとしなかった。それでも、どういうわけか、ガンデルバイに首根っこをしっかりと押さえられているように見えた。私はと言えば、クロロフォルムのにおいに圧倒され、気分が悪くなっていた。しかし、今、部屋を出るわけにはいかない。誰かが巨大な風船を膨らませていて、今にも眼のまえで破裂するのがわかっているのに眼がそらせない。そんな気分だった。

ついにガンデルバイが私を見てうなずいた。次の段階に移ろうとしていた。「ベッドの向こう側へ行ってください。ふたりでそれぞれシーツの両端を持って、同時にめくりましょう。でも、できるだけゆっくりとね。それにできるだけそっと」

「まだじっとしてるんだぞ、ハリー」と私は言って、ベッドの反対側にまわり、シーツをつかんだ。ガンデルバイも私の正面に立った。そして、ふたりで同時にシーツをめくりはじめた。ハリーの体からシーツを持ち上げ、できるだけゆっくりとめくっていった。ふたりともベッドから充分離れながら、同時にどちらもシーツの下をのぞこうと身をまえにかがめていた。クロロフォルムのにおいがたまらず、できるだけ息を止めていようとしていたのを覚えている。それ以上止めていられなくなると、臭気をできるだけ肺に吸い込まないように努めて浅い息をした。

ハリーの胸全体がすでにあらわになっていた。正確に言えば、胸を覆うストライプのパジャマの上着だが。そのあとパジャマのズボンの白いひもが見えた。きちんと蝶結びにされていた。さらにそのあとボタンが見えた。真珠貝のボタン。私自身は自分のパジャマにつけられているところなど一度も見たことがない代物だ。パジャマの前ボタンそれ自体見たことがない。真珠貝など言うに及ばず。私は思った、ハリーのやつ、なんてお上品なんだと。奇妙なものだ。時に人ははらはらどきどきしながら、まるでどうでもいいことを考えていたりする。あのときあのボタンを見て、ハリーのことをなんてお上品なやつなんだと思ったことを私は今でも覚えている。

ボタン以外、ハリーの腹の上には何も見あたらなかった。

私たちはシーツをめくる手を速めた。そして、脚も足も剝き出しになったところでシーツをベッドの端から床に落とした。

「動かないで」とガンデルバイは言った。「動かないでください、ミスター・ポープ」そう言って、ハリーの体の脇と両脚の下をのぞき込みはじめた。

「用心しなければなりません。どこかにまだひそんでるかもしれませんから。パジャマのズボンの中にもぐり込んでいないともかぎりません」

ガンデルバイがそう言うなり、ハリーは枕から頭をもたげて脚を見た。彼が体を動かしたのはそのときが初めてで、そのあといきなり飛び起きると、ベッドの上に立ち、両脚をかわるがわる狂ったように振りまわしはじめた。私もガンデルバイもふたりともてっきりハリーが咬まれたものと思い、ガンデルバイはもうバッグに手を突っ込んでメスと駆血帯を取り出そうとしていた。が、跳ねまわるのをやめ、突っ立ったまま足元のマットレスを見下ろしてハリーが叫んだ。「いないぞ!」

ガンデルバイは上体を起こすと、いっときマットレスに眼をやってからハリーを見上げた。ハリーに異常はなかった。咬まれてもいなければ、このさき咬まれそうにもなく、死にそうにもなく、何ひとつ問題はなさそうだった。だからといって、そのことでみんなの気分がよくなったわけでもなかったが。

「ミスター・ポープ、言うまでもないことですが、そもそもあなたがヘビを見たことにはまちがいないんでしょうね?」ガンデルバイの声には、普通の状況では彼から決して聞かれない皮肉っぽい響きがあった。「ひょっとして夢を見ていたのかもしれないとは思いませんか、ミスター・ポープ?」ガンデルバイがハリーを見る眼を見て、私にはわかった。彼は本気であてこすりを言っているのではなかった。単に緊張が解けたために口を突いて出たことばだった。

ハリーのほうはストライプのパジャマ姿でベッドの上に突っ立ち、ガンデルバイを睨みつけていた。頬の赤みがみるみるうちに頬全体に広がり、ハリーは怒鳴った。

「あんたはおれを嘘つき呼ばわりするのか？」

ガンデルバイは微動だにせず、ハリーをじっと見返した。ハリーはベッドの上で一歩まえに踏み出した。眼がぎらぎらと光っていた。

「このちびくそインドのドブネズミが！」

「黙れ、ハリー！」と私は言った。

「この薄汚い黒んぼの……」

「ハリー！」と私は叫んだ。「いい加減にしろ、ハリー！」彼のことばはあまりにひどかった。

ガンデルバイは、まるで私もハリーもその場に存在しないかのように部屋から出ていった。私はあとを追った。玄関ホールを横切り、バルコニーに出たところで追いつくと、彼の肩に腕をまわして言った。

「ハリーの言ったことは気にしないでくれ。あんなことになったもんだから、自分でも何を言っているのかわかってないんだ」

私たちはバルコニーの階段を降りると、真っ暗な車寄せを横切り、年代物の彼のモーリスが停まっているところまで歩いた。彼はドアを開けると、車に乗り込んだ。

「あんたはよくやってくれた」と私は言った。「来てくれてほんとうにありがとう」

「せいぜい一日ゆっくり休んでもらうことです」彼は私のほうを見ることもなく、低い声でそう言った。そして、エンジンをかけると走り去った。

願　い
The Wish

膝小僧の傷がもうかさぶたになっているのが手のひらに感じられる。少年は膝に顔を寄せ、かさぶたをとくと眺める。かさぶたにはいつも心を惹きつけられる——絶対に逆らうことのできない特別な誘惑。

うん、と少年は思う。剝がそう。まだ剝がせる状態じゃなくても、真ん中がくっついていても、ものすごく痛くても。

指先でかさぶたのへりを慎重に探る。かさぶたの下に爪を入れる。ほんの少し持ち上げただけで、一気にすんなりと剝がれる。褐色の硬いかさぶたがきれいに剝がれ、そこに小さくて赤くて丸くてつるつるした奇妙な皮膚が現われる。

うまくいった。実際、とてもうまくいった。その赤い丸をこすってみる。少しも痛くない。かさぶたをつまんで太腿の上に置き、指で弾く。かさぶたは絨毯の端まで飛んでいって落ちる。赤と黒と黄のばかでかい絨毯。彼の坐っている階段の下からはるか遠くの玄関まで、廊下の端から端までいっぱいに敷きつめられている。巨大な絨毯。芝のテニスコートより大きい。それよりずっと大きい。その絨毯を真剣に眺める。その眼がちょっと嬉しそうになる。実のところ、それまで一度も気づかなかった。それが今、絨毯を彩る三色がにわかに神秘的に輝き、眼もくらむようなまばゆさで自分のほうに向かって、飛び出してきているように見える。

うん、と少年は自分につぶやく。どういうことかわかった、と。絨毯の赤いところでは石炭のかたまりが真っ赤に燃えている。だから、ぼくがやらなければならないのはこういうことだ。赤いところを踏まないで玄関まで歩くこと。赤に触ったら火傷をしてしまう。実際、丸焼けになってしまう。あの黒いところは……そう、ヘビだ。それも毒ヘビ。ほとんどはクサリヘビで、コブラもいる。胴体が木の幹みたいに太いコブラだ。もしその一匹にでも触ったら、咬まれて、お茶の時間になるまえにぼくは死んでしまう。もしでも、もし無事に——丸焼けにもならず、咬みつかれもしないで——玄関までたどり着けたら、明日の誕生日にはきっと仔犬をプレゼントしてもらえる。

少年は立ち上がる。階段をのぼり、もっとよく見える場所から、色彩と死の織りなすこの巨大なタペストリーを眺める。できるだろうか？　黄色は充分あるだろうか？　歩くことができるのは黄色い部分だけだ。玄関までたどり着けるだろうか？　これは軽々しく始められる旅ではない。そんな旅と思うには危険があまりに大きすぎる。ホワイトゴールドの前髪にふたつの大きな青い眼、とがった小さな顎をした少年は手すりから顔をのぞかせ、不安げにその向こうを仔細に見る。ところどころ黄色が足りない。かなり間隔が空いているところもひとつふたつある。それでも玄関までずっと続いているように見える。つい昨日、ひびがはいっているところを一度も踏まずに、馬小屋から東屋《あずまや》までのレンガの小径を見事に歩ききった者にとっては、この絨毯の旅もそれほどむずかしくはないはずだ。ヘビさえいなければ。ヘビのことを考えただけで、恐怖の電流が少年の太腿の裏側から足の裏までぴりぴりと走る。

ゆっくりと階段を降り、絨毯の端に立つ。サンダルを履いた小さな足を片方まえに出し、慎重に黄色い部分に降ろす。もう一方の足を持ち上げ、両足をそろえる。ぴったりくっつけていればどうにか立っていられるだけのスペースがある。さあ！　旅の始まりだ！　卵形をした少年の顔は輝き、決意が異様なほどみなぎっている。ほんのかすかにしろ、顔の色もそれまでよりたぶん白くなっている。両腕を横に伸ばしてバランスを取る。片足を黒い部分の上に高く上げ、爪先を慎重にその向こうの黄色の細長い道に向けてから、次の一歩を踏み出す。二歩目もうまくいったところで一息つく。直立不動の姿勢で。黄色い細い道が途切れることなく、少なくとも五ヤードはまっすぐまえに延びている。その道をそろそろと用心深く進む。綱渡りでもしているかのように。その一本道は最後のところで曲がっている。そこではまた大きな一歩を踏み出さなければならない。今度は黒と赤が入り混じった邪悪なゾーンを越えなければならない。そのゾーンの中ほどまで足を伸ばしたところで、体がふらつきはじめる。バランスを取ろうと、少年は両腕を風車みたいに振りまわす。それでもなんとか無事に渡りきる。そこでまた一息入れる。もう息ができないほどになっている。今もまだ爪先立ちをしている。ずっと神経を張りつめさせ、握りしめた拳を左右に突き出して。それでも今は安全で大きな黄色の島にいる。充分な広さがあり、そこから落ちるなどありえない。立ったまま体を休めながら、少年はためらい、待つ。永遠にこの安全で大きな黄色の島にいられたらいいのにと思う。それでも、仔犬をもらえなくなるという恐れがまた少年を旅に駆り立てる。

一歩ずつじわじわとまえに進む。一歩ごとに立ち止まり、次はどこに足を置くべきか正確に決めてから進む。一度、選択に迫られる。左右のどちらに進むべきか。少年は左を選ぶ。左のほうがむずかしそうに思えたのだが、黒がそれほど多くなかったのだ。黒は少年をなにより不安にさせる。肩越しにちらりと振り返り、どれだけ来たか確かめる。

半分近くまで来ている。もう後戻りはできない。廊下の真ん中にいる。引き返すこともできなければ、横にジャンプすることもできない。遠すぎる。眼のまえに広がるすべての赤とすべての黒を見る。すると、突然、気分が悪くなるほどのあの恐怖が胸に湧き起こる――去年のイースターの午後、パイパーズ・ウッドの一番暗いところで、たったひとり迷子になってしまったときの恐怖だ。

足を伸ばせるただひとつの黄色の断片に慎重に片足を置いて、次の一歩を踏み出す。今度は爪先から一インチと離れていないところまで黒が迫っている。爪先は黒に触れてはいない。それは見ればわかる。黄色の細い線がサンダルの先と黒を隔てているのがちゃんと見えている。それでも、黒いヘビは体をうごめかす。少年の接近を感じ取ったかのように。鎌首をもたげ、ぎらぎらとした小さな眼で、自分に触れてこないかどうか、少年の足を見つめている。

「おまえには触ってないよ！　だから咬んじゃいけない！　ほら、おまえには触ってないだろ！」

もう一匹のヘビが音もなく忍び寄り、最初のヘビの隣りで鎌首をもたげる。これで首がふたつ。四つの眼が少年の足を見つめ、サンダルのストラップのあいだからわずかにのぞく素肌をじっと見ている。少年は爪先立ちを続けている。恐怖でその場に凍りついたようになっている。少年がまた動きだすまで数分が過ぎる。

次の一歩はかなり遠くまで足を伸ばさなければならない。眼のまえにはくねくねと曲がる黒くて深い川が絨毯の幅いっぱいに流れている。今立っているところからだと、一番川幅の広い部分を渡らなければならない。最初はジャンプして越えようかと思う。しかし、向こう側の黄色の細長い帯に正確に着地できる自信がない。息を深く吸い、片足を上げ、そろそろとまえに出す。ゆっくりと押し出し、ゆっくりと降ろす。やっとサンダルの先が黒い河を越え、黄色の帯の端に無事着地する。身を乗り出し、まえに伸ばした足に重心を移して、うしろの足を引き寄せる。力を込め、上体を一気に移動させようとする。が、足と足のあいだが開きすぎていて、うまくいかない。しかたなくうしろに戻ろうとする。それもできない。開脚をしすぎ、その当然の結果として動けなくなっている。ちらりと下に眼をやると、くねくねとした黒くて深い川が見える。その一部がうごめき、とぐろを解くと、油のようにてらてらとおぞましく光りだす。体がふらつく。両腕を狂ったように振りまわし、バランスを取ろうとする。が、かえって事態は悪くなる。体が倒れはじめる。右側に、きわめてゆっくりと傾き、それからどんどん加速する。床に倒れる寸前、少年は体を支えようと本能的に片手を伸ばす。次に、無防備な手がてらてらと光る大きな黒い塊りの真ん中に突っ込んでいくのが見える。その手が黒に触れ、少年は静けさを突き破る長い悲鳴をあげる。
陽射しがあふれる戸外では、家の裏手から遠く離れて少年の母親が息子を探している。

首
Neck

　ほぼ八年前のことだ。老ウィリアム・タートン卿が亡くなり、子息のバジルが（爵位とともに）新聞社の《タートン・プレス》を引き継ぐと、ロンドンの新聞業界《フリート・ストリート》ではみんながこぞって賭けをしたのを覚えている。どこかの若くて素敵な女性が現われ、わたしこそあなたの世話をするべき人間だと、小柄な卿を説得するのに成功するにはどれほど時間がかかるかという賭けだ。もっとも、世話をすると言っても、それはすなわち若い卿本人と彼の財産の世話ということになるわけだが。

　当時、新たなバジル・タートン卿はおそらく四十歳。その歳になるまで現代絵画と現代彫刻以外に興味を示したものが何もないという、おだやかで邪気のない独身男性で、彼の心を乱した女性はそれまでひとりとしていなかった。その名に関わるようなスキャンダルもゴシップもいっさいなかった。それでも、新聞と雑誌の大帝国の支配者ともなれば、父親のカントリーハウスでの静かな暮らしをあきらめ、ロンドンに出てこざるをえなくなった。

当然のことながら、すぐさまハゲタカどもが集まりだした。獲物を手に入れようと、そんなハゲタカたちが先を争い合うさまをフリート・ストリートだけでなく、ロンドン全市が興味津々で見ていたのを覚えている。もちろん、そういった女性たちの動きは慎重だった。用意周到で完璧に慎重な動きだった。だから、むしろハゲタカというより、水底《みなそこ》に沈んだ馬の肉に爪を伸ばすカニの一群に似ていた。

ところが、誰もが驚いたことに、この小柄な卿は逃げを打つのがなんとも巧みなご仁で、この追いかけっこは春から初夏まで続いた。私は個人的には卿を知らなかったし、彼に対して友情を抱かなければならないいかなる理由もなかったが、同性としてはどうしても味方をせざるをえず、彼がカニの爪からうまく逃れるたびに快哉を叫んだものだ。

それが八月初旬になると、どうやら女同士の秘密のサインが交わされたらしく、女性たちは互いに休戦宣言をした。自分たちが外国に行って休暇を愉しみ、陣営を立て直し、冬枯れで死んだ動物の腐肉漁りに向けて新たな作戦を練り直すあいだは、お互いひとまず矛《ほこ》を収めようというわけだ。が、これがまちがいだった。なぜなら、ナタリアなんとが現われたのがまさにこのときだったからだ。誰も知らない女性で、大陸から颯爽とやってきたかと思うと、バジル卿の手首をしっかりとつかみ、言うなれば卿が眼を眩まされてぼうっとしているあいだに、キャクストン・ホールの結婚登記所に連れていき、何が起きているのか花婿はもとより誰にもわからないうちに、卿と結婚してしまったのだ。

ご想像どおり、ロンドンの淑女たちは怒りまくり、自然のなりゆきとして、新しいレイディ・タートンに関するきわどいゴシップをばら撒きはじめた（新夫人は〝あの薄汚い縄張り荒らし〟と呼ばれた）。が、ここではそういう話を詳しくする必要はないだろう。実のところ、この話の目的から言えば、その後の六年間は省略できる。時間を現在にまで進めて一向に差し支えない。ちょうど一週間前、私が初めてこの令夫人の拝眉の栄に浴したときまで。これまたみなさんご想像のとおり、今では彼女は《タートン・プレス》全体を取り仕切っているばかりか、この国においてとても無視できない一大政治力も有するようになっていた。これまでにもそのようなことを為した女性がいたことは私も知っている。が、彼女のこの例をなにより異例たらしめているのは、彼女がどこの出身か、誰ひとり正確には知らないことだ――彼女はユーゴスラヴィア人なのか、ブルガリア人なのか、はたまたロシア人なのか。

それはともかく、先週の木曜日、私の友人のロンドン宅で開かれたささやかなディナー・パーティに出て、食事のまえに客間で立ったまま美味いマティーニを飲みながら、原子爆弾や労働党のベヴァン氏のことを話していたときのことだ。メイドが戸口に顔をのぞかせ、最後の賓客が到着した旨を告げた。

「レイディ・タートンがお見えになりました」

だからといって、誰も話をやめたりはしなかった。われわれはそういうことに関して、いかにもよく躾《しつけ》られている。首をめぐらす者もいなかった。ただ眼だけを戸口に向けて、夫人がはいってくるのを待った。

彼女はきびきびとはいってきた――すらりとした長身に、きらきらと輝く装飾品を施した赤みがかった金色のドレスをまとい、口元に笑みをたたえてホステスに手を差し出しながら。なんとなんと、これだけは言わざるをえない。レイディ・タートンはなかなかの美人だった。

「こんばんは、ミルドレッド」

「レイディ・タートン、よくいらしてくださいました!」

そのときにはさすがに私たちも話すのをやめていたと思う。それからあとは振り向き、彼女を見つめ、突っ立ったまま紹介されるのをおずおずと待った。まるで彼女が女王か有名な映画スターででもあるかのように。彼女はその両方の上をいっていた。髪は黒で、その髪に見合った卵形の白い顔をしていた。フランドル派が描いた十五世紀の無垢の顔。まさにメムリンクやファン・アイクが描いたマドンナだった。少なくとも、それが私の第一印象だった。そのあと握手をする順番が私にまわってきて、近くで見ると、顔の輪郭と色を除くと、マドンナなどではまったくないことがわかったが。まるでかけ離れていた。

たとえば、鼻の穴がなんとも変わっていた。私がそれまでに見たどんな鼻の穴よりどこかしら広く、外に向かってことさら開いており、極端に迫り出していた。そのせいで鼻全体が開いているように見え、いかにも鼻息の荒そうなあの野生の動物を思わせた。そう、ムスタングを。

眼も近くで見ると、マドンナ画家がかつて描いたような丸みも大きさもなく、むしろ切れ長の半眼で、半分笑っているようでもあり、半分すねているようでもあり、かすかに卑しくもあった。それがきわめてかすかながら、自堕落さを思わせる雰囲気を彼女に与えてしまっていた。加えて、その眼はまっすぐに相手を見ようとしなかった。一方にずれたところから、奇妙な横の動きで見下ろすようにゆっくりと迫ってくるのだ。私はなんとも居心地が悪かった。その色も特定しにくかった。淡いグレーのように思えたが、はっきりそうとも言いきれなかった。

ほかの客との顔合わせのために彼女は部屋の反対側へと案内された。私は立ったままその姿を眼で追った。夫人が自らの成功も、そこに集《つど》ったロンドンっ子たちの彼女に対する敬意も、意識しているのは明らかだった。「わたしはここにいます」そんな声が聞こえてきそうだった。「わたしはこっちに来てたかだか数年なのに、もうあなた方の誰よりお金持ちになって、権力も持っています」その足取りは勝利に軽く弾んでいた。

そのあとほどなく晩餐の間に通されたのだが、驚いたことに私の席はその令夫人の右隣りだった。女主人が親切にも気をつかってくれたのだろう。私が夕刊に日々綴っている社交界コラム用のネタをいくつか提供してやろうと思って。面白い食事になることを期待して私は席に着いた。ところが、この著名な淑女は私にはまったく関心を向けてくれなかった。左隣りの男性――この家の主《あるじ》とばかり話していた。それが最後になって――私がアイスクリームを食べおえようという段になって――いきなり私のほうを向くと、私の座席札に手を伸ばして名前を確かめてから、あの奇妙な眼の横の動きで、私の顔をのぞき込んできたのだ。私は微笑んで軽く会釈をした。が、彼女のほうは笑みを返すこともなく、次々と質問を浴びせてきた。それもいささか個人的なことをあれこれ訊いてきた。仕事、年齢、家族といったようなことをひたひたと波が打ち寄せるような独特の声音で。気づくと、私は答えられるかぎりのことを答えていた。

そんな取調べであれこれ明らかになった中のひとつに、私が絵画と彫刻を愛する男だということがあった。

「それなら、是非カントリーハウスのほうにいらっしゃって、主人のコレクションを見てくださらなくては」単なる社交辞令から何気なく出たことばだったのだろう。しかし、おわかりいただけると思うが、私のような仕事をしている者としては、このような機会はとても逃すわけにはいかない。

「それはどうもご親切に、レイディ・タートン。喜んでお伺いさせていただきます。いつがよろしいでしょう？」

彼女は顔を起こすと、口ごもって眉をひそめ、肩をすくめながら言った。「あら、かまいませんことよ。いつでも」

「来週末はどうです？　それでよろしいですか？」

彼女の眼がゆっくりと細くなり、私に向けられ、すぐにまたそらされた。「そうですね、そうおっしゃるなら。かまいません」

そんな経緯で、次の土曜日の午後、私はスーツケースを後部座席に積み込み、ウートンをめざして車を走らせることになったのだった。

いささか強引なやり方と思われるかもしれないが、こうでもしないことには招待などとても受けられなかっただろう。私としては仕事とは関わりなくあの屋敷をどうしてもじかに見てみたかったのだ。ご存知のとおり、ウートンはイギリスのルネサンス初期に建てられた、実に壮大な石造りの建物だ。ウートンの姉妹のようなロングリートやウォラトン、それにモンタキュート同様、十六世紀後半に建てられたものだが、その時代になって初めて王侯たちの住まいが城塞ではなく、暮らしやすい邸宅として設計されるようになったのである。ジョン・ソープやスミッソンが国じゅういたるところで先駆的な仕事に着手しはじめた頃のことだ。

ウートンはオックスフォードの南、プリンシズ・リズバラという小さな町の近くに——ロンドンからさほど遠くもない——建っており、その正面ゲートを抜けたときには、頭上の空は暮色に染まり、早くも冬の夕暮れが近づいていた。

私は邸内の長い私道をゆっくりと走り、できるかぎりまわりに眼を向けた。何度も聞かされたことのあるかの有名な装飾庭園にはことさら。なんとも見事な眺めと言わざるをえなかった。四方どこにもどっしりとしたイチイの木が生えており、それがさまざまなコミカルな形にきれいに刈り込まれていた——鶏や鳩や壜やブーツや肘掛け椅子、さらに牛やエッグカップやランタンや裾広がりのペチコートを穿いた老婆たちの形に。背の高い支柱の形をして、そのてっぺんに球や、大きな丸屋根や、軸のないキノコの傘をのせたものもあった。薄闇の中、葉の緑が黒く見え、そのためどの形にもどの木にも黒くてすべらかな彫刻のような趣きがあった。しばらく走ると、巨大なチェスの駒を並べた芝生が見えてきた。その駒のひとつひとつがイチイの生木で、驚くほどよくできていた。私は車を停めて降りると、その駒のあいだを歩きまわった。私の背丈の二倍はあったが、それより感嘆すべきは駒がすべて揃っていることだ。キングにクウィーン、ビショップにナイトにルークにポーン。それらがすべてゲームを始めるときの位置に置かれていた。

次の角を曲がると、壮麗な灰色の邸宅そのものが見えてきた。邸のまえは支柱のある塀に囲まれた広い前庭になっていて、塀の隅には柱付きの小さな東屋《あずまや》が張り出していた。塀の支柱の上には方尖塔が設えられ――チューダー朝様式におけるイタリアの影響だ――邸に上がる階段の幅は少なくとも百フィートはありそうだった。

そんな前庭に車で乗り入れ、噴水池の水盤の真ん中にエプスタイン（一八八〇～一九五九。米国生まれの英国の彫刻家）の彫刻が置かれているのに気づいたときには、いささか虚を突かれた。言っておくが、素敵な作品である。が、まわりと調和が取れているとは言いがたかった。さらに階段を上がって振り返ると、まわりの小さな芝生と土盛りした台地すべてに、ほかにも現代の彫像や好奇心をそそられる彫刻があるのがわかった。遠くから見るかぎり、ゴーディエ・ブジェスカ、ブランクーシ、センドゴーデンズ、ヘンリー・ムーア、それに噴水池のとはまた別のエプスタインの作品のように思われた。

ドアを開けた若い男の召使いに二階の寝室に案内された。その召使いの説明によれば、夫人は休んでおり、ほかの賓客も同じように休んでいるようだったが、一時間ほどすれば、みな夕食のために着替えて、客間に降りてくるとのことだった。

商売柄、私は週末も仕事を迫られることが多い。年に五十回は土日を他人の家で過ごしているのではないだろうか。その結果、馴染みのない雰囲気にはきわめて敏感になっている。玄関に足を踏み入れたとたん、その良し悪しがほぼ嗅ぎ分けられると言ってもいい。で、今いるところはあまり好きになれなかった。嫌なにおいがしたのだ。かすかながら、何か面倒事を感じさせる気配が宙に漂っていた。その気配は、贅沢に湯気を立たせて自分の部屋の大きな大理石の浴槽に身を横たえていてさえ感じられた。月曜日が来るまで、不愉快な出来事など何ひとつ起こらないことを願わずにはいられなかった。

まず——不愉快というより驚きだったが——十分後にそれは起きた。ベッドに腰かけ、靴下を履いていると、ドアがそっと開いて、体を一方に傾げた黒い燕尾服姿の年配の男がすうっとはいってきたのだ。館の執事で、名はジェルクスといい、私がくつろいでいること、入り用なものはすべて揃っていることを確かめてきた。

私はくつろいでおり、入り用なものはすべて揃っていると答えた。するると彼は、週末を愉しく過ごしていただけるようできるかぎりのことをすると言った。私は礼を言い、彼が立ち去るのを待った。彼はためらいながらも、職業的熱心さを込めた声音で、いささか繊細な問題について申し述べる許可を求めてきた。私はどうぞと促した。

率直に申し上げますと、チップのことなのです、とジェルクスは言った。チップに関わることすべてが彼をとことんみじめにしているのだ、と。

ほう？　それはまたどうして？

はい、ほんとうにお知りになりたいのでしたら申し上げますが、お客さまがお帰りの際、わたくしにチップを渡すことを義務のように感じておられること——実際、みなさまそうなさいます——それが心苦しいのです。チップを渡すのも渡されるのもあまり体裁のいいものではありません。あまつさえ、あなたさまのようなお客さまのお心に芽生える煩悶も重々承知しております。こう申し上げては失礼かと存じますが、自分の懐にそぐわないそんな慣習などに縛られたくない。そういうお気持ちがあることはよくよく存じ上げているのです。

彼はそこでことばを切ると、いかにもずる賢そうな小さな眼で私の顔を見て、私の反応をうかがった。私に関するかぎり、そんな心配は無用だと私は低い声で言った。

そうはおっしゃいますが、と彼はなおも言いつのった。そもそもチップは渡さないということに同意していただけることを切に願う、と。

「まあ」と私は言った。「そういうことは今からあれこれ心配するのはやめて、そのときが来たときにお互いどんな気持ちになっているか、それを待ってから考えようじゃないか」

「駄目です！」と彼は大きな声をあげた。「お願いです。どうしてもご了承いただかなければなりません」

私は言われたとおり了承した。

彼は礼を言うと、足を引きずり、一歩か二歩私に近づいてきた。そして、頭を一方に傾げ、聖職者のように両手を胸のまえで組み、どこかしら詫びるように軽く肩をすくめた。そのあいだも小さな鋭い眼でずっと私を見つめていた。私は片足だけ靴下を履き、もうひとつは手に持ったまま待った。いったい次は何を言いだすのだろうと思いながら。

ひとつだけお願いがございます、と彼は柔らかな声音で言った。それはもう柔らかな声音で、大きなコンサートホールの外の通りに聞こえてくる音楽のようだった。彼の願いはチップではなかった。私が週末にするカードゲームで勝った分の三分の一が欲しいというのだった。私が負けた場合には何も払わなくていいという。

あまりに柔らかで、なめらかで、突然のことに、私は驚くことすらできなかった。

「ここの人たちはよくカードをやるのかい、ジェルクス？」

「はい、それはもう」

「しかし、三分の一というのはちょっと法外な要求じゃないかな？」

「わたくしはそうは思いません」

「十パーセントあげよう」

「いいえ、それはできません」見ると、彼は眉をひそめ、左手の指の爪をじっと見つめていた。いかにも落ち着き払っていた。

「だったら十五パーセントだ。それでいいだろう？」

「三分の一です。これはきわめて筋の通った申し出です。つまるところ、わたくしはあなたさまが上手なカードプレイヤーかどうかさえわからないわけでして、そのことを考えると、どうか気を悪くなさらないでほしいのですが、わたくしが実際していることは、走るところを見たこともない馬に賭けようとしているようなものなのですから」

みなさんはきっと思っておられることだろう、そもそも執事と駆け引きなどするべきではない、と。確かにそのとおりかもしれない。しかし、私はこれでリベラルな心の持ち主で、低い階級の者を相手にしても常に気さくに接するようにしているのだ。ただ、そういうことを抜きにすると、考えれば考えただけ、自ら認めないわけにはいかなくなった。執事のこの申し出を突っぱねる権限など誰にもない。スポーツマンシップを心得る者なら誰にも。

「わかった、ジェルクス。きみがそう言うのなら」

「ありがとうございます」そう言って、彼は一方に傾いた足取りでドアに向かった。が、手をドアノブにかけたところでまたためらった。「ちょっとしたアドヴァイスを申し上げてもよろしいでしょうか？」

「なんだね？」

「簡単なことです。奥さまはよく手札以上のビッドをなさいます」

ここまで来ると、いきすぎだった。あまりにびっくりしたので、思わず靴下を落としてしまった。畢竟《ひっきょう》、私はチップに関して、害のないちょっとしたゲームを執事と取り決めただけのことだ。ところが、その執事が自らの女主人から金をせしめるよう私をそそのかしているのだ。こんな話はすぐに終わりにしなければならない。

「わかった、ジェルクス。もういい」

「どうかお気を悪くなさらないでください。ただ、きっと奥さまと勝負することになるでしょうから、そのことを申し上げたかっただけでして。奥さまはいつもハドック少佐とペアを組まれますので」

「ハドック少佐？　あのハドック少佐？」

「そのとおりでございます」

この男のことを話すジェルクスの小鼻のあたりに侮蔑の気配が浮かんだのが見て取れた。レイディ・タートンのことを話すときにはもっと露骨だった。奥さまということばを言うたびにまるでレモンをかじったかのように唇をすぼめ、声音にわずかに嘲りを込めた。

「では、失礼いたします。奥さまは七時に降りてこられます。ハドック少佐とほかの方々も」そう言うと、彼は室内の空気にある種の湿り気とほのかなぬり薬のにおいを残し、ドアからそっと出ていった。

七時すぎに客間に降りていくと、夫人が立ち上がって出迎えてくれた。相変わらず美しかった。

「来てくださることをもう少しで失念するところでした」と彼女は歌を歌うようなあの独特の声音で言った。「お名前はなんとおっしゃいましたかしら？」

「おことばを額面どおりに受け取り、厚かましくもお伺いしました、レイディ・タートン。ご迷惑でなかったらいいのですが」

「迷惑だなんて。うちには四十七も寝室があるんですから。こちらが主人です」

小柄な男が夫人の背後からまえに出てきて言った。「やあ、ようこそ来てくださいました」彼は敬愛すべき温かい笑みの持ち主だった。握手をするなり、その指にも親しみが感じ取れた。

「こちらはカルメン・ラ・ローサ」と夫人は言った。

がっしりとした体つきの女性で、なにやら馬を扱う仕事に従事していそうな風情だった。私に会釈はしたものの、すでに半分ほど差し出している私の手を握ろうともしなかった。私としては鼻をかむような仕種に変えてごまかすしかなかった。

「風邪をひいてらっしゃるの？　お気の毒に」と彼女は言った。

このミス・カルメン・ラ・ローサはどうにも好きになれそうになかった。

「こちらはジャック・ハドック」

この男のことはいくらか知っていた。複数の会社の重役をしていて（それが何を意味するにしろ）社交界では名の知れた人物だった。私のコラムでも彼の名前を数回取り上げたことがある。が、好感を持ったことはない。というのも、軍隊時代の肩書きをその後の私生活でも使っているような輩《やから》というのは、なんともうさんくさい気がするからだ――中でも少佐や大佐はことさら。ディナージャケットに身を包み、雄々しい獣のような顔に、黒々とした眉、大きくて真っ白な歯をしたハドックは、ほとんど淫らなまでにハンサムな男だった。笑うと、上唇が持ち上がり、歯が剝き出しになった。そんな笑みを浮かべながら、日焼けした毛深い手を差し出してきた。

「われわれについては何かいいことをコラムに書いてもらいたいものですな」

「彼としてもそうなさったほうがいいわ」とレイディ・タートンが横から言った。「さもないと、わたしの新聞の一面に彼に関するよからぬ記事が載ることになるでしょうから」

私は声に出して笑った。が、そのときにはもう三人とも、レイディ・タートンもハドック少佐もカルメン・ラ・ローサも、私に背を向け、ソファに坐り直していた。ジェルクスが飲みものを持ってくると、バジル卿が私をそっと脇に引っぱった。私たちは部屋の反対側の隅で静かなおしゃべりを愉しんだ。時折、レイディ・タートンが夫を呼んでは何か――マティーニのおかわりや煙草や灰皿やハンカチーフ――を持ってくるように言いつけた。が、バジル卿が椅子から半分立ち上がると、すぐに如才ないジェルクスが先を越し、主人のかわりに用を言いつかっていた。

ジェルクスが主人を敬愛しているのは明らかだった。彼が主人の妻を嫌っているのも同じくらい明らかだった。彼女のために何かするたび、彼は鼻のまわりにかすかに薄ら笑いを浮かべ、皺が寄るほど唇をすぼめた。七面鳥の尻のように。

夕食の席では、われらが女主人はふたりの友達を自分の両脇に坐らせた。慣例に従わないこの配置のために、私とバジル卿はテーブルの反対側に坐ることになったが、おかげで絵画や彫刻に関する会話を続けて愉しむことができた。言うまでもなく、少佐は女主人にのぼせ上がっていた。それはその夕食の頃には私の眼にも明らかだった。また、あまり言いたくはないが、ラ・ローサとかいう女も同じ獲物を狙っているように見えた。

そうしたうわついたところが女主人にはいかにも愉しいようだった。夫のほうがそれを愉しむことはなくとも。話しているあいだも、彼がそのちょっとしたシーンを意識していることは容易に見て取れた。私たちが話している話題から心がそれてしまい、何かを言いかけて途中でことばを切ることもあった。そんなとき、彼の視線はテーブルの反対側まで移動し、黒い髪と奇妙にふくらんだ小鼻の持ち主のあの可愛い顔に、しばらくのあいだ見るも哀れに注がれるのだった。彼女がどれほど浮かれているか、そのときには彼も当然気づいていたことだろう。身振りを交えて話している彼女の手が時折少佐の腕に置かれることにも。また、馬を扱う仕事に従事していそうに見える女が次のように言いつづけていることにも。「ナタリーア、ねえ、ナタリーア、聞いてったら！」

「明日は」と私は言った。「庭を案内してもらって、あちこちに置かれている彫刻を見せていただかなくては」

「もちろんです」と彼は言った。「喜んで」そこでまた妻に眼をやった。その眼はことばに言い表わせないほど哀れで、心から懇願しているように見えた。ただ、彼はどこまでもおだやかで、あらゆる面で受身の人物なのだろう。こんなときでさえ、いかなる怒りも危険なところも感情を爆発させそうなところも、いっさい見られなかった。

夕食が終わると、カードテーブルに直行し、ミス・カルメン・ラ・ローサとペアを組むように言われた。対するはハドック少佐とレイディ・タートン。バジル卿は本を手にして静かにソファに腰をおろした。

ゲームそのものに通常と異なるところはひとつもなかった。決まりきった手順で、むしろ退屈なくらいだった。ただ、ジェルクスには苛々させられた。夜じゅう私たちのまわりを動きまわり、灰皿を空け、飲みものを勧めては手札をのぞき見するのだ。明らかに近眼のようで、ゲームの展開がわかっていたかどうかは疑わしかったが。みなさんはご存知かどうか知らないが、ここイギリスでは伝統的に執事は眼鏡をかけることを許されない――さらに言えば、口ひげを生やすことも。これは破られることのない金科玉条であり、きわめて賢明なルールだ。そうした決まりができた背景についてはよく知らないが、口ひげは執事を紳士然と見せすぎてしまい、眼鏡は執事をまるでアメリカ人のように見せてしまうからではないだろうか。そんなことになったら、われわれはいったいどういうことになる？　教えてもらいたいものだ。いずれにしろ、ジェルクスにはその夜ずっと苛々させられっぱなしだった。それは新聞の仕事の電話がしょっちゅうかかるレイディ・タートンも同様だった。

十一時になると、そんな夫人が手札から顔を上げて言った。「バジル、そろそろ寝る時間よ」

「ああ、ダーリン、そのようだ」卿は本を閉じると立ち上がり、しばらくゲームを眺めた。「愉しいゲームになってるかな？」

誰も答えようとしないので私が答えた。「ええ、愉しんでます」

「それはよかった。あなたの世話はジェルクスがします。入り用なものはなんなりと揃えてくれますから」

「ジェルクスもさがっていいわ」と夫人が言った。

私の横ではハドック少佐が鼻で息をしていた。その音が聞こえた。それに続いて一枚一枚カードを落とす柔らかな音も。さらに、足を引きずるようにして絨毯の上を歩き、私たちのほうに近づいてくるジェルクスの足音がした。

「わたくしも残らないほうがよろしいのですね、奥さま？」

「ええ、もう寝なさい。あなたも、バジル」

「わかった。おやすみ、ダーリン。みなさんもおやすみなさい」

ジェルクスが主人のためにドアを開け、バジル卿は執事を従えてゆっくりと出ていった。

次の一勝負《ラバー》が終わったところで、私ももう眠くなったとみんなに言った。

「どうぞ」とレイディ・タートンが応じて言った。「おやすみなさい」

私は自分の部屋にあがり、ドアに鍵をかけ、薬を飲むとベッドにはいった。

翌日曜日の朝、ベッドを出て着替えをすると、朝食室に降りていった。バジル卿がさきに席についていて、ジェルクスがグリルしたキドニー、ベーコン、それにフライド・ポテトを給仕していた。卿は私を見ると、嬉しそうな顔をして、朝食を終えたらすぐ庭園をゆっくり散策しようと言った。願ってもありません、と私は答えた。

それから三十分ほどして私たちは出かけた。みなさんにはおわかりいただけないかもしれないが、屋敷を離れ、戸外にいるだけでどれほど安堵できたことか。真冬、夜中に激しい雨が降ったあと時折訪れる、晴れて暖かい日だった。太陽が思いがけず明るく輝き、風はそよとも吹かない。葉を落とした木々が陽射しを受けて美しく、雨のしずくが枝からまだぽたぽたと落ち、まわりの濡れた地面はどこもダイアモンドのようにきらきらと光っている。空には薄い小さな雲しか浮かんでいない。

「なんて気持ちのいい日なんでしょう！」

「ええ――実に気持ちのいい日です！」

歩きながら、私たちはそんなことば以外ほとんど何も交わさなかった。交わす必要がなかった。それでも彼はあらゆる場所に連れていってくれ、私はそのすべてを見た――巨大なチェスの駒もそれ以外の装飾庭園も。凝った造りの東屋に小さな池に噴水。子供のための迷路。ただ、迷路はシデとライムの木の生け垣で造られているので、その美しい姿が見られるのは葉が茂る夏にかぎられたが。それにパルテール（いろいろな形や大きさの花壇を配した庭園）に岩石庭園にブドウとネクタリンが植えられた温室。そして、もちろん彫刻。ブロンズのものも花崗岩のものも石灰岩のものもそれに木彫も。ヨーロッパの現代作家の大半が揃っていた。太陽のもと、そうした彫刻が温かく輝いているのを見るのはこの上ない喜びだったが、それでも私には広大で格式ばった環境の中ではそれらがいささか場ちがいに思えた。

「ここでちょっと休みませんか？」三十分以上歩いたところで、バジル卿が言った。私たちは鯉と金魚が何匹も泳いでいるスイレンの池のそばの白いベンチに腰をおろし、煙草に火をつけた。屋敷からだいぶ離れたところまで来ていた。そのあたりは高台になっており、私たちが坐ったところからだと庭園が広がるさまがよく見渡せた。造園に関する昔の本に描かれている挿し絵さながら、生け垣や芝生や盛り土された台地や噴水が方形と円形のきれいな模様を描いていた。

「父がここを買ったのは私が生まれる直前のことでね」とバジル卿は言った。「だから、私は生まれてからずっとここに住んでるんです。ここのことなら隅々までわかります。ここへの愛着は日々ますます深まるばかりです」

「夏はさぞ美しいことでしょうね」

「ええ、そのとおりです。五月か六月あたりにまたお越しいただかなければ。来ていただけますか？」

「もちろんです」と私は言った。「是非ともお邪魔させてください」私はそう答えながらも、かなり遠くにある花壇のあいだを歩きまわる赤いワンピース姿の女を見ていた。女は広い芝地を横切っていた。弾むような足取りで。小さな影を従えて。芝地を渡ると左に曲がり、刈り込んだイチイの丈のある生け垣に沿って進み、中央に彫刻が据えられた丸くて小さな芝地に出た。

「屋敷に比べると、庭のほうは最近のものです」とバジル卿は言っていた。「ボーモンというフランス人が十八世紀の初めに設計したんです。ウェストモーランドにあるレヴェンズ邸を手がけたのも彼です。ここでは少なくとも一年間、二百五十人もの人足を使ったそうです」

赤いワンピースの女に男がひとり合流していた。ふたりは庭園のパノラマのちょうど真ん中に位置する小さな丸い芝地にいて、一ヤードほど離れて向き合っていた。明らかに話をしていた。男は何か黒くて小さなものを持っていた。

「興味がおありでしたら、ここを手がけているときにボーモンが公爵に差し出した請求書をお見せしましょう」

「それは是非拝見したいですな。さぞ興味深いものにちがいない」

「彼は人足を一日一シリングで十時間働かせていたんです」

明るい陽光が射していたので、芝生の上のふたりの動きや仕種を眼で追うのはむずかしくもなんともなかった。今、ふたりは彫刻のほうに向かい、嘲るように指差していた。彫刻の形を笑い、ジョークの種にしているのにまちがいなかった。その彫刻がヘンリー・ムーアの作品のひとつであることに私はそこで気づいた。表面がすべらかな細い木彫で、穴が二つか三つあいており、奇妙な手足が数本突き出ているという、独自の美をたたえた作品だ。

「ボーモンはチェスの駒やほかの作品のためにイチイの木を植えたときに、少なくとも百年は経たないと大したものにはならないことがわかっていたんです。昨今、われわれは何かを計画するのにそんな忍耐力は持ち合わせておりません。でしょう？　どう思われます？」

「いや」と私は答えた。「おっしゃるとおりです」

男が持っていた黒い物体はカメラで、今、男はうしろにさがり、ヘンリー・ムーアの横に立つ女の写真を撮っていた。女は驚くほどさまざまなポーズを取っていたが、見るかぎり、どのポーズもおどけたもので、男を面白がらせようとしているのだった。木彫の突き出た部分に腕をまわして抱きついたかと思うと、次には彫刻にのぼって横坐りし、ありもしない手綱を握る振りをしたりしていた。ふたりの姿は、イチイの大きな生け垣にさえぎられて屋敷からは見えないはずだった。われわれが坐っているこの小さな丘以外、庭のほかのどこからも見えないはずだ。われわれが見下ろしているなどとふたりが思うわけもなく、たとえたまたまこちらを見たとしても――逆光になるので――池の脇のベンチにじっと坐っている小さなふたつの人影に気づくとも思えなかった。

「実際、私はこのイチイの木がとても気に入ってましてね」とバジル卿は言った。「庭園の中でのこの色が実にすばらしい。なんといっても眼が休まります。夏になると庭のまぶしい部分を細かく区切ってくれるんで、なおさらくつろいで愉しむことができます。葉が刈られた木はどれも刈られた面によって緑の濃淡がちがうのにお気づきですか？」

「ええ、実にすばらしい」

男は今、女になにやら説明しているようだった。ヘンリー・ムーアの作品を指差していた。ふたりが頭をのけぞらせたそのさまから、ふたりとも大笑いしているのがわかった。男がさらに指差しつづけると、女はその木彫の裏側にまわって上体をかがめ、穴のひとつに首を突っ込んだ。その作品は、そう、小さな馬ほどの大きさだったが、横幅はそれほどなく、私が坐っているところからでもその両側が見え、左側に女の体があり、右側からは女の首が突き出ていた。まさに海水浴場によくあるふざけた仕掛けだった。絵が描かれた板の穴から首を出すと、肥った淑女になった写真が撮れるあの仕掛けだ。男はそんなふうに首を突き出している女の写真を撮っていた。

「イチイについてはほかにもあります」とバジル卿は続けた。「初夏に若葉が芽をふくと……」そこで彼はことばを切ると、背すじを伸ばして、いくらかまえに身を乗り出した。その全身が急にこわばったのが私にも感じられた。

「はい」と私は促した。「若葉が芽をふくと？」

男はすでに写真を撮りおえていたが、女はまだ穴に首を突っ込んだままで、男が（カメラを持ったまま）両手をうしろにやって女のほうに近づいていくのが見えた。男はそこで上体をかがめ、自分の顔を女の顔に近づけて触れさせた。そのままの状態がしばらく続いた。その間、思うに何回かキスをしたか、何かそういうことをしたのだろう。なんの動きもないいっときが過ぎ、庭にあふれる陽光のはるか向こうから、鈴を転がしたような女の笑い声がかすかに聞こえたような気がした。

「お屋敷に戻りましょうか？」と私は言った。

「屋敷に戻る？」

「ええ、お屋敷に戻って昼食のまえに一杯やりませんか？」

「一杯やる？　ええ、ええ、やりましょう」とは言うものの、彼は動こうとしなかった。じっと坐ったままだった。今や私のことなど忘れてしまったようで、ふたりの姿を一心に見つめていた。かく言う私も見つめていた。眼が離せなかった。見ないではいられなかった。はるか遠くから危険なバレエのミニチュアを見ているようなものだった。踊り手も音楽もわかっている。が、物語の結末がわからない。振り付けもわからない。次にふたりが何をするかも。誰しも心を奪われるそんなバレエだ。誰しも見ずにはいられない。

「ゴーディエ・ブジェスカですが」と私は言った。「あんなに若くして亡くなったりしなければ、どう思われます、どれほどすばらしい彫刻家になっていたか」

「誰ですって？」

「ゴーディエ・ブジェスカです」

「ああ」と卿は言った。「もちろんですとも」

何やらおかしなことが起こっていた。女は相変わらず頭を穴から突き出しているのだが、今はゆっくりとした奇妙な動きで体を左右にくねらせていた。男は身動きもせずに突っ立ったまま、一、二歩離れたあたりから女を見ていた。そんな男の立ち姿が急にぎこちなく見えだした。うつむき、体をこわばらせ、一心に見ている様子から、もう笑ってはいないことがわかった。しばらくそうしてその場に突っ立ったままだった。が、そこでカメラを地面に置くと、女のそばに歩み寄り、両手で女の頭をつかんだのが見えた。たちまちその光景がバレエというより人形劇のように見えてきた。陽に照らされた遠くの舞台の上で、小さな木彫りの人形がぴょこぴょこと跳ねるように小さく動いているかのように。それがなにやら狂気じみ、現実離れして見えてきた。

私たちは何も言わず、白いベンチに腰かけたまま、小さな男の人形が女の頭を両手で調べるような仕種をするのを眺めた。男はやさしく接していた。そのことには疑いの余地はなかった。ゆっくりとやさしく手を動かしていた。時折、さらに考えようとしてか、うしろにさがったり、何度かしゃがみ込んでは別の角度から状況を確かめたりしていた。男がそばを離れるたびに、女は体をくねくねと動かした。女のその不自然な体の動かし方は初めて首輪をつけられた犬を思い出させた。

「抜けなくなったんでしょう」とバジル卿が言った。

見ると、男は彫刻の反対側、女の体が出ているほうに移動していた。そして、両手を伸ばして女の首をどうにかしようとしはじめた。そこで、急に業を煮やしたかのように、女の首をぐいと二、三度引っぱった。今度こそ女の声がはっきりと聞こえてきた。怒りか痛みか、あるいはその両方のせいで発せられた甲高い叫び声は光に満ちた大気を伝い、かすかながらはっきりと私たちのところまで届いた。

バジル卿が静かに首を上下させているのが眼の端に見えた。「一度キャンディの瓶に手を入れてしまって」と卿は言った。「どうしても抜くことができなくなったことが私にもあります」

男は彫刻から数ヤード離れ、今は両手を腰にあて、顔を起こして立っていた。むっつりとし、ひどく腹を立てているように見えた。女は居心地のいいわけがないその場所から男に話しかけていた。むしろ怒鳴りつけているようだった。上体はすっかり固定されてしまい、よじることしかできないようだったが、脚は自由が利き、忙《せわ》しなく動き、地面を踏みつけていた。

「そのときにはハンマーで瓶を壊して、母には誤って棚から落としてしまったのだと言いました」卿はさきほどより落ち着いて見えた。張りつめたところがまったくなくなっていた。ただ、声音が妙に平板だった。「下に行って何かできるかどうか見てきたほうがよさそうですね」

「ええ、おそらく」

しかし、彼はまたすぐには動こうとしなかった。煙草を取り出して火をつけると、マッチの燃えさしを丁寧にマッチ箱に戻して言った。

「失礼。あなたも吸われます？」

「ありがとうございます。いただきます」彼は私に煙草を差し出し、それに火をつけるというささやかな儀式を執りおこなうと、また燃えさしをマッチ箱に戻した。そこで私たちは立ち上がり、ゆっくりと芝の斜面を降りていった。

イチイの生け垣のアーチをくぐり、彼らのいるところにそっと出た。ふたりとしても当然驚いたことだろう。

「どうしたんです？」とバジル卿が尋ねた。おだやかな声音だった。が、それは危険なおだやかさだった。まずまちがいなくそれまで彼の妻が聞いたこともないような。

「穴に頭を突っ込んで抜けなくなってしまったんですよ」とハドック少佐が言った。

「面白半分にやったことなんだけれど」

「何半分に？」

「バジル！」とレイディ・タートンが叫んだ。「そんなところでぼさっとしてないで！どうにかして！　何かできるでしょ！」体を動かすことはあまりできなくても、それでも口だけはよく動くようだった。

「どうやらこの木の塊りを壊すしかないようですね」と少佐が言った。彼のグレーの口ひげに赤い汚れが小さくついていた。それだけで彼の男らしい見栄えがすっかり損なわれてしまっていた。ただひとつのよけいな色が完璧な絵を台無しにしてしまうように。なんとも滑稽に見えた。

「ヘンリー・ムーアを壊す？」

「バジル卿、奥方をここから救い出すにはそれしか方法がありません。そもそもどうやって首を突っ込むことができたのか、それは神のみぞ知るということになるでしょうが、とにもかくにももう抜け出せなくなっている。それは明らかな事実です。耳がどうしても引っかかってしまうんです」

「なんとなんと」とバジル卿は言った。「なんと可哀そうな。私の美しい……ヘンリー・ムーアが……」

ここまで来ると、レイディ・タートンはそれはもう聞くに堪えないことばで夫を罵りはじめた。ジェルクスがいきなり物陰から現われなかったら、その罵詈雑言はいつまで続いたかわからない。ジェルクスは無言で芝生のところまで斜めににじり寄ってくると、バジル卿から恭《うやうや》しい距離を取って立ち止まった。そこで指示を待つかのように。朝の陽射しの中、彼の黒い服はなんとも馬鹿げて見えた。また、老いてピンクがかったその白い顔と生白い手のせいで、生まれてこの方ずっと地中の巣穴で生きてきた、つむじ曲がりの小動物のようにも見えた。

「何かわたくしにできることはございませんか、旦那さま?」ジェルクスは声にこそ落ち着きを保っていたが、その顔は真面目そのものとはおよそ言えなかった。レイディ・タートンを見るその眼には小躍りしているような輝きが宿っていた。

「ああ、ジェルクス、あるとも。屋敷に戻って、木のこの部分を切り離せる鋸《のこぎり》か何かを持ってきてくれ」

「誰か呼んできましょうか、旦那さま? ウィリアムは大工仕事が得意です」

「いや、私が自分でやるよ。道具だけ持ってきてくれ――早く」

ジェルクスが戻ってくるのを待つあいだ、私は三人から離れてあたりをぶらぶらした。レイディ・タートンが夫にぶつけることばをもうそれ以上聞きたくなかったのだ。それでも、執事が戻ってきたときには私ももとの場所に戻った。もうひとりの女性、カルメン・ラ・ローサも彼のあとについてきていた。女主人のために大急ぎで駆けつけたのだろう。

「ナタリーア、わたしのナタリーア！　みんなに何をされたの？」

「うるさい」と女主人は言った。「みんなの邪魔をしないでくれる、いい？」

バジル卿は夫人の頭のすぐ近くに立ってジェルクスを待っていた。ジェルクスは一方の手に鋸、もう一方の手に斧を持ってゆっくりと進み出ると、一ヤードほどあいだを空けて立ち止まった。そして、主人に選ばせるためにその道具をふたつとも差し出した。きわめて短い――二、三秒もなかっただろう――沈黙ができた。様子見の一瞬。このとき私がジェルクスを見ていたのはたまたまのことながら、私にははっきりとわかった。斧を持つ手のほうが一インチの何分の一かバジル卿のより近くに差し出されていた。まず気づかれることのないようなきわめて繊細な動きだった。ゆっくりとしたひそかな手の動き。ささやかな申し出。言って聞かせるようなささやかな申し出。そのときジェルクスはごくごくわずかに片眉も吊り上げていたことだろう。

バジル卿にもそのことがわかったのかどうかはわからない。が、ためらっていた。そこで斧を持つ手がさらにかすかにまえに出された。それはもうほとんどトランプ手品のトリックだった。「どれでも好きなカードを一枚選んでください」と言われると、決まって相手が選ばせようと思っている一枚を選んでしまうトリック。バジル卿は斧を手に取った。どこか夢でも見ているかのように手を伸ばし、ジェルクスから斧を受け取ったそのとき、手のひらに斧の柄を感じた瞬間、何が自分に求められているか気づいたようで、急に生き生きしはじめた。

私にとってそのあとはなんとも恐ろしいいっときとなった。ちょうど子供が道路に飛び出したところに車が走ってくるのを見てしまったときのような。あとはもう眼をぎゅっと閉じて待つしかない。何が起きたのか音が知らせてくれるまで。そんなふうにして待たなければならない時間というのは、真っ暗な視野の中で黄色や赤の斑点が躍る、長くて澄みきった時間となる。また眼を開け、誰も死んでおらず、誰も怪我していなくても関係ないのだ。自分と自分の体に関するかぎり、もうすべてを見てしまったのだから。

このときもまちがいなく見てしまった。あらゆる詳細まで。バジル卿の声が聞こえ、私はまた眼を開けた。普段にもましておだやかな声だった。執事をやさしくたしなめていた。

「ジェルクス」と彼は言っていた。私は卿を見た。斧を手に持ったままどこまでも温和な風情だった。レイディ・タートンの首はそのままだった。まだ穴から突き出されたままだった。が、その顔色は恐ろしいまでに灰色がかり、口は開いては閉じ、開いては閉じて、咽喉の奥からごぼごぼという音が洩れていた。

「さあ、ジェルクス」とバジル卿は繰り返した。「いったい何を考えてるんだ。これは危険すぎる。鋸を貸してくれ」そう言って道具を交換した。そのとき私は初めて気づいた。卿の両頬がほのかに暖かいバラ色に染まっていることに。その上の両の目尻のあたりには笑みが浮かんでいた。笑みの小さな皺がきらきらと輝いていた。

訳者あとがき

翻訳小説にかぎって言えば（もしかしたらかぎらなくとも）このロアルド・ダールの『あなたに似た人』は日本で（もしかしたら世界で）もっとも名の知れた短篇集ではないだろうか。いやいや、シャーロック・ホームズの短篇集があるではないか、と言われる向きもあるかもしれないが、そちらはホームズそのものの名を誰もが知っているのであって、短篇集の名となるとそれほどでもないような気がする。

いずれにしろ、田村隆一氏による邦訳が上梓されてからすでに半世紀以上が経って、今なおこれほど広く読まれつづけている翻訳短篇集というのもきわめて珍しい。そんな短篇集の作者、ダールの魅力はどこにあるのか。

ダールの持味は『あなたに似た人』を読んだ人なら、もう、ことさらいうことはなにもない。残酷で、皮肉で、薄らつめたく、透明で、シニカルな世界である。男に対しても意地がわるいが、しばしばそれ以上に女に対して意地がわるい。あきらかにサディズムがある。ただ彼はあまりにソフィスティケートされているから、ほかの推理作家のようにバーレスク風の、いわば頭のわるい血みどろ趣味をだそうとしない。狙っている効果はそれ以上に冷酷なのだが……

いささか長くなったが、右に引いたのは、ダールの第三短篇集『キス・キス』(早川書房／異色作家短篇集)の訳者、作家の開高健氏のあとがきの一節である(旧版のみに収録)。ほかの訳者のあとがきを自分のあとがきに援用するのはちょっとずるい気もするが、思わず膝を打ちたくなるようなダール評なので引かせてもらった。

屋上に屋を架すことを承知でこれに少々加えれば、〝薄らつめたい〟眼で人間を描きながら、ダールはいわば人間の業《ごう》を肯定も否定もしていない。その判断はすべて読者に任され、作品の多くが寓意に富みながら、人間かくあらねばならぬといった説教臭さが微塵もない。開高氏が言うよう、確かに人の描き方は意地悪だ。筆致に毒がある。しかし、その毒は多すぎもせず少なすぎもせず、そのさじ加減が絶妙だ。これぞまさしく〝ソフィスティケート〟。

　また、登場人物の多くが戯画化されているのに——あるいは戯画化されているからこそ——読者は不思議と彼らに親近感を覚えさせられる。たいていが誇張された人物造形なのに、こんなやついるよな、と思わせられ、にやりとさせられる。そして、そのあとふと思うのだ。いや、待てよ、こういうところはもしかして自分にもあるのではないか、と。『あなたに似た人』——Someone Like You——皮肉で巧みなタイトルである。

　最後にもうひとつ、蛇足を承知で言えば、ダール作品の多くに色濃く見られるのが風刺の精神だ。本書に収録されている「わが愛しき妻、可愛い人よ」や「首」や「満たされた人生に最後の別れを」でも、上流階級の人々の人間臭くも浮世離れした生態が容赦なく揶揄されている。風刺の対象はもちろん上流階級だけではない。たとえば、本書の巻頭を飾る「味」。短篇小説のいわゆるオチを期待して読むと、もしかしたらちょっと拍子抜けするかもしれない。が、この作品のキモは、賭けに分別をなくす男たちの愚を描きつつ、実のところ、マイク・スコフィールドの成金ぶりと、リチャード・プラットのスノッブぶりが徹底的に洒落のめされているところだ。こういう手合いはこの作品が書かれた六十年前にもいれば今もいる。ただ、このふたりを笑う風潮が今もあるかどうか。ただの成金がおしなべて〝セレブ〟と呼ばれて羨ましがられ、一発芸のような雑学を貯め込んだスノッブがウンチク王などともてはやされる昨今、彼らの言動がどれほど現代の一般の眼に滑稽に映るものか。

もしかしたら、スコフィールドが株の売買に才覚のあることをひそかに恥じているくだりなど、えっ、どうして？　と思われる若い読者も少なくないのではないだろうか。それでも、まあ、ひと昔まえの世間にはそういう雰囲気のあったことを知って、実体をともなわない金儲けというものについて、ふと考えてみるというのもこの小品のひとつの読み方になるかもしれない。イマジネーションの世界に遊ぶことを小説作法《さくほう》の第一義とし、エンターテインメントに徹したダールにそんな意図は少しもなかっただろうから、まったくもってロートル訳者の野暮なお節介ではあるのだけれども。

念のため、著者ロアルド・ダールに触れておくと――一九一六年、ウェールズの首都カーディフに生まれる。両親はノルウェー人。第二次大戦中はパイロットとして従軍し、このときの体験をもとに書いたのが、一九四六年に上梓された処女短篇集『飛行士たちの話』（永井淳訳／ハヤカワ・ミステリ文庫）で、本書は第二短篇集になる。短篇集はこのあと『キス・キス』、『来訪者』（永井淳訳／ハヤカワ・ミステリ文庫）と続き、一九七九年には唯一の長篇『オズワルド叔父さん』（田村隆一訳／早川書房）を書いている。が、一九八〇年以降は自伝的小説を除くと、大人向けの作品は一作もなく、もっぱら児童書の執筆に専念している。大ヒットしたジョニー・デップ主演映画『チャーリーとチョコレート工場』をはじめ、『マチルダ』や『ジャイアント・ピーチ』や『ファンタスティックMr. FOX』の原作者ということで、日本ではダールの名を児童作家として知っている人も多いことだろう。一九八三年、三十年連れ添って五子をもうけた夫人で、アカデミー賞受賞女優でもあるパトリシア・ニールと熟年離婚。理由はダールのたび重なる浮気ということだが、その後、同じウェールズ人のフェリシティ・クロスランドと再婚し、一九九〇年永眠。没後十年余を経て二〇〇五年、本人が長年住んだバッキンガムシャーの村、グレート・ミッセンデンに、おもに小学生を対象にした『ダール博物館』が設立された。

冒頭に書いたとおり、本書は翻訳の大先輩にして大詩人の田村隆一氏の名訳でつとに知られる短篇集である。それでも、半世紀はさすがに長く、翻訳にも賞味期限があるということで、新訳の訳者という大役を仰せつかったわけだが、訳出に際しては、時代背景を考慮しつつ訳文のことばづかいを現代に見合うものにすること、できるかぎり原意を汲むこと、このふたつを心がけた。旧訳を読まれたことのあるオールドファンはもちろんのこと、子供の頃にダールの児童書で育った若い世代の人たちにも、この大人向けダールを面白く読んでいただけたら、新訳者としてこれに勝る喜びはない。いずれこの新訳も古くなる。それでも（訳者が言うのはちと図々しいが）今後も長く読み継がれ、今から半世紀後に次の新訳が出る。そんな遠大な夢さえ見させてくれる、本書はまことに希有な短編集である。

二〇一三年三月

本書は一九五七年十月にハヤカワ・ミステリで、一九七六年四月にハヤカワ・ミステリ文庫で刊行した『あなたに似た人』の訳を新たにし、二分冊としたものです。

ロアルド・ダールは優れた小説を執筆するだけにとどまらない…

この書籍に関する著者印税の10%が〈ロアルド・ダール・チャリティーズ〉の活動に利用されていることはご存知でしょうか。

〈ロアルド・ダール・マーベラス・チルドレンズ・チャリティー〉
ロアルド・ダールは長短篇小説の書き手としてだけでなく、重病の子供たちを援助していたということでよく知られています。現在〈ロアルド・ダール・マーベラス・チルドレンズ・チャリティー〉はダールがひどく気にかけていた、神経や血液の疾患に悩む何千もの子供たちを手助けするという彼の偉大な事業を引き継いでいます。この事業では、英国の子供たちを看護したり、必要な設備を整えたり、一番大切な遊び心を与えたりして、先駆的な調査を行なうことであらゆる地域の子供たちを助けています。

子供たちの援助に是非とも一役買いたいという方は、以下のウェブサイトをご覧ください。
www.roalddahlcharity.org

〈ロアルド・ダール・ミュージアム・アンド・ストーリー・センター〉は、ロアルド・ダールがかつて暮らしていたバッキンガムシャーの村グレート・ミッセンデン（ロンドンのすぐ近く）に位置しています。この博物館の中核をなすのは、読書や執筆を好きになってもらうことを目的とした、ダールの手紙や原稿を集めたアーカイブです。またこの博物館には楽しさでいっぱいの二つのギャラリーのほかに、双方向型のストーリー・センターがあります。こちらは家族や教師とその生徒たち向けに作られた場所で、エキサイティングな創造性の世界や読み書きの能力を発見するところです。

www.roalddahlmuseum.org

Roald Dahl's Marvellous Children's Charity の慈善団体番号：1137409
The Roald Dahl Museum and Story Centre (RDMSC) の慈善団体番号：1085853
新設された The Roald Dahl Charitable Trust は上記二つの慈善団体を支援しています。

*寄付された印税には手数料が含まれています。

災厄の町〈新訳版〉

Calamity Town

エラリイ・クイーン

越前敏弥訳

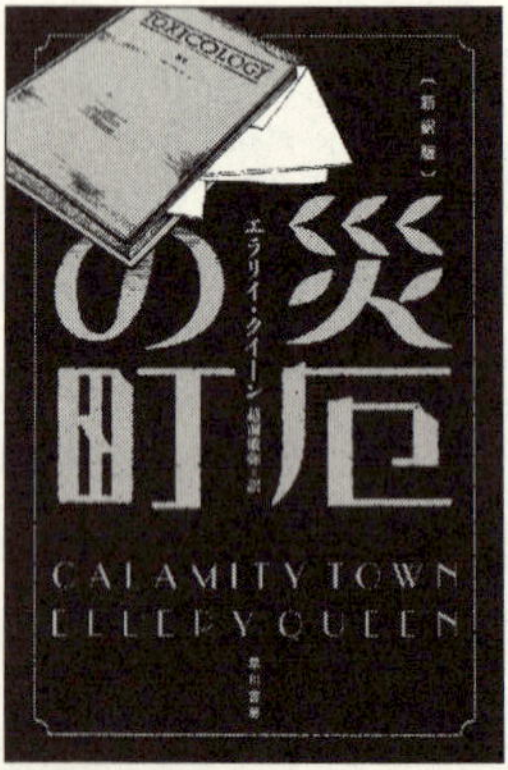

三年前に失踪したジムがライツヴィルの町に戻ってきた。彼の帰りを待っていたノーラと式を挙げ、幸福な日々が始まったかに見えたが、ある日ノーラは夫の持ち物から妻の死を知らせる手紙を見つけた……奇怪な毒殺事件の真相にエラリイが見出した苦い結末とは？　巨匠の最高傑作が、新訳で登場！　解説／飯城勇三

ハヤカワ文庫

幻の女〈新訳版〉

ウイリアム・アイリッシュ

Phantom Lady

黒原敏行訳

妻と喧嘩し、街をさまよっていた男は、奇妙な帽子をかぶった見ず知らずの女に出会う。彼はその女を誘って食事をし、ショーを観てから別れた。帰宅後、男を待っていたのは、絞殺された妻の死体と刑事たちだった！　唯一の目撃者〝幻の女〟はいったいどこに？　新訳で贈るサスペンスの不朽の名作。解説／池上冬樹

ハヤカワ文庫

ママは何でも知っている

Mom's Story, The Detective

ジェイムズ・ヤッフェ

小尾芙佐訳

毎週金曜はママとディナーをする刑事のデイビッド。捜査中の殺人事件に興味津津のママは〝簡単な質問〟をするだけで犯人をつきとめてしまう。用いるのは世間一般の常識、人間心理を見抜く目、豊富な人生経験のみ。安楽椅子探偵ものの最高峰〈ブロンクスのママ〉シリーズ、傑作短篇八篇を収録。解説／法月綸太郎

ホッグ連続殺人

The HOG Murders

ウィリアム・L・デアンドリア

真崎義博訳

雪に閉ざされた町は、殺人鬼の凶行に震え上がった。彼は被害者を選ばない。手口も選ばない。どんな状況でも確実に獲物をとらえ、事故や自殺を偽装した上で声明文をよこす。署名はＨＯＧ――この難事件に、天才犯罪研究家ベネデッティ教授が挑む！　アメリカ探偵作家クラブ賞に輝く傑作本格推理。解説／福井健太

ハヤカワ文庫

特別料理

Mystery Stories

スタンリイ・エリン
田中融二訳

美食家が集うレストラン。常連たちの待ち望む「特別料理」が供されるとき、明らかになる秘密とは……不気味な読後感に包まれる表題作を始め、アメリカ探偵作家クラブ賞受賞作「パーティーの夜」など、語りの妙とすぐれた心理描写を堪能できる十篇を収めた。エラリイ・クイーンが絶賛する作家による傑作短篇集！

ハヤカワ文庫

ロング・グッドバイ

The Long Goodbye

レイモンド・チャンドラー
村上春樹訳

私立探偵フィリップ・マーロウは、億万長者の娘シルヴィアの夫テリー・レノックスと知り合う。あり余る富に囲まれていながら、男はどこか暗い蔭を宿していた。何度か会って杯を重ねるうち、互いに友情を覚えはじめた二人。しかし、やがてレノックスは妻殺しの容疑をかけられ自殺を遂げてしまう。その裏には哀しくも奥深い真相が隠されていた。新時代の『長いお別れ』が文庫で登場

ハヤカワ文庫

さよなら、愛しい人

Farewell, My Lovely

レイモンド・チャンドラー
村上春樹訳

刑務所から出所したばかりの大男、へら鹿マロイは、八年前に別れた恋人ヴェルマを探しに黒人街の酒場にやってきた。しかしそこで激情に駆られ殺人を犯してしまう。偶然、現場に居合わせた私立探偵のマーロウは、行方をくらましたマロイと女を探して夜の酒場をさまよう。狂おしいほど一途な愛を待ち受ける哀しい結末とは？　名作『さらば愛しき女よ』を村上春樹が新訳した話題作。

訳者略歴　1950年生，早稲田大学文学部卒，英米文学翻訳家　訳書『八百万の死にざま』ブロック，『卵をめぐる祖父の戦争』ベニオフ，『刑事の誇り』リューイン（以上早川書房刊）他多数

HM=Hayakawa Mystery
SF=Science Fiction
JA=Japanese Author
NV=Novel
NF=Nonfiction
FT=Fantasy

あなたに似《に》た人《ひと》
〔新訳版〕
I

〈HM㉒-9〉

二〇一三年五月十五日　発行
二〇二三年十二月二十五日　十刷

（定価はカバーに表示してあります）

著者　ロアルド・ダール
訳者　田《た》口《ぐち》俊《とし》樹《き》
発行者　早川浩
発行所　株式会社　早川書房
郵便番号　一〇一 - 〇〇四六
東京都千代田区神田多町二ノ二
電話　〇三 - 三二五二 - 三一一一
振替　〇〇一六〇 - 三 - 四七七九九
https://www.hayakawa-online.co.jp

乱丁・落丁本は小社制作部宛お送り下さい。
送料小社負担にてお取りかえいたします。

印刷・三松堂株式会社　製本・株式会社フォーネット社
Printed and bound in Japan
ISBN978-4-15-071259-4 C0197

本書は活字が大きく読みやすい〈トールサイズ〉です。